저는요...

이 책을 _____ 님께서

_____ 님에게 전해달라고 부탁받은

아기천사랍니다.

심통 클럽

season 1

심통 클럽 season 1

펴 낸 날 2017년 07월 21일

지 은 이   심통클럽
펴 낸 이   최지숙
편집주간   이기성
편집팀장   이윤숙
기획편집   장일규, 윤일란, 허나리
표지디자인 장일규
책임마케팅 하철민
펴 낸 곳   도서출판 생각나눔
출판등록   제 2008-000008호
주   소   서울시 마포구 동교로 18길 41, 한경빌딩 2층
전   화   02-325-5100
팩   스   02-325-5101
홈페이지   www.생각나눔.kr
이 메 일   bookmain@think-book.com

• 책값은 표지 뒷면에 표기되어 있습니다.
  ISBN 978-89-6489-736-2 03810
• 이 도서의 국립중앙도서관 출판 시 도서목록(CIP)은 서지정보유통지원시스템 홈페이지
  (http://seoji.nl.go.kr)와 국가자료공동목록시스템(http://www.nl.go.kr/kolisnet)에서 이
  용하실 수 있습니다(CIP제어번호: CIP2017016416).

Copyright ⓒ 2017 by 심통클럽, All rights reserved.
 ·이 책은 저작권법에 따라 보호받는 저작물이므로 무단전재와 복제를 금지합니다.
 ·잘못된 책은 구입하신 곳에서 바꾸어 드립니다.

함께 잘사는 공동체를 만들기 위한 새로운 시도의 시작

심통 클럽

season 1

심통클럽 지음

우리는 더 이상 나라의 도움을 적다고 하지 않을 것입니다.
행복지수에 관한 정책만큼은 나라와 경쟁할 것입니다.

생각나눔

사람은 언젠가 죽겠지요?

그중에 얼마의 사람들이 아쉬움을 가슴에 묻고 갈까요?

전, 그 아쉬움에 세상이 답해주었으면 하는데….

세상은 너무도 바빠 제 말을 들어주지 않네요.

전 장애 아이의 아빠인 심통클럽 클럽장입니다.

제가 이 책을 통하여 바라는 것은 책에 소개될 '자력재단 심통"

의 완성을 보는 것입니다.

독자님들!

우리나라 대한민국에서 사는 것, 산다는 것은 매우 힘듭니다.

제가 다른 나라에 살아본 적은 없어도 참 힘든 일이라는 걸 아는 것은 어렵지 않습니다.

저와 저희 회원들은 그 고단함을 조금이나마 덜어낼 수 있는 방법을 고민하며 이 글을 써왔습니다.

힘들겠지만 멈출 수 없기에 아직 아무도 가지 않은 길을 향해가는 발걸음을 감히 멈출 수가 없네요.

그날이 오면 제 아들에게 이렇게 말하렵니다.

"난 네가 나보다는 오래도록, 그리고 활기차게 세상을 즐기다 오길 바래. 사랑한다."라고요.

2017. 04. 20일 오후 10:27
상청 올림

목차

심통 클럽

세상출정, 나홀로

#프롤로그(2017. 3. 13.)

너무나 오랜만에 밴드 글쓰기를 해봅니다. 그동안 음지에서 온갖 걱정으로 무거운 몸과 마음에 쓰디쓴 소주를 너무도 가볍게 털어 넣던 아버지 모임을

....

양지로 끌어 올리려 합니다.

다가오는 3월 25일 낮 12시.

(뚜구뚜구둥~~~~)

심통 모임(임시 모임명) 1차 정기회의를 개최합니다.

많은 기대 바라며 이어지는 정식 공지를 기대해 주세요!

귀원빠 배상

🗨 댓글

> 이종권: 이 글 읽으신 분들 댓글에 손이라고 써주세요.
>
> 강민주: 손
>
> 전지현: 손
>
> 김도영: 손

#1 (2017. 3. 17.)

사람이 무언가 일을 기획하고 추진함에 있어서 가장 중요한 것이 무엇일까요? 돈? 열정? 끈기? 사람? 목적? 등등 많이 있겠지요? 전 그중에서 열정을 꼽습니다.

우리 밴드 심통클럽에도 열정이 가장 우선

적으로 필요합니다. 앞으로 매일 오후 5시에 새 글 올라옵니다.
열정적인 답글을 달아주세요.

💬 댓글

> 김도영: 일하는 중이라... ㅠㅠ
>
> 강민주: 넵
>
> 이종권: 일 끝나고 하셔요, 회원님... 크크크
>
> 이종권: 강민주 회원님의 방해로 첫 스타트부터 4분 늦게 올림. ㅠㅠ
>
> 강민주: ㅠㅠ

#2 역적(2017. 3. 18.)

오늘부터 글 머리 해시테그(#) 뒤에 그날의
주제를 적어 올리려 합니다.

왜냐구요?? 왜긴요...? 왜겠어요??

정말 모르시나요?

답은 회원님들의 호응이 조금 딸려서 그러지요..

　흐음.... 내일부터는 공통의 주제로 할 말 많은 주제를 조심스럽

게 다뤄보려 합니다...

　너무 많은 기대는 부담스러우니 조금만 기대해 주세요.

　내일 봬요, 회원님들... ^^

□ 댓글

김도영: 고생 많으십니다 형님!

이종권: 헐! 주제 안 적었네요. 왜 역적이냐면요... 댓글 안 쓰면 역적입니다..

이종권: 이게 주제입니다... 헐~~

이종권: ㅣㄴㄴ든ㄱㄴㅌㄴㅅㅌ

김현수♥: 제목만 보았어

이종권: 이ㅏ——ㄴㄴㅎㄴ

전지현: 귀원이가 답글 남긴 건가요?? ㅋ

이종권: 넵. 맞춤법 틀린 건 저 아닙니다. ^^

김도영: ^^

#3 선물(2017. 3. 19.)

이 세상이 내게 준 최고의 선무~을...

얼마 전 가수 비씨가 부른 새 노래 가사입니다.

'뜬금없이 노래를'이라고 생각하시겠지요?

오늘의 주제는 바로 선물입니다.

자~, 일단 여러 회원님께 묻겠습니다.

여러분들이 지금까지 받았던 최고의 선물은 무엇입니까?

전... 제 아들 귀원이가 최고의 선물입니다.

신파적이다~. 라고 김도영 회원님이 야유하실 것이라 글 쓰면서도 생각이 드네요...

자~, 그럼 이제부터 귀원이가 최고의 선물인 이유를 말씀드리지요.

전 요즘 많이 힘든 상황에서 한 가지 일을 기획하고 있습니다.

또한, 추진해가고 있습니다.

제... 생각이 현실이 되는 날.

전 이 세상에서 가장 돈 많거나 혹은 높은 위치에 있는 사람보다도 더욱 많이 행복해할 것입니다.

이 일의 시작이 되어준 귀원이의 장애야말로 제게 가장 큰 선물이 된 거죠.

아직 보여드린 것 없이 혼자 꿈꾸고 있다고 생각하시는 회원님도 계시겠지만 전 이제부터 증명해나갈 것입니다.

김도영 회원님 지켜봐 주십시오... 눈 부릅뜨고...

🖐 댓글

김도영 : 피곤해서 눈이 자꾸 감기네요...

이종권 : 헐~~

전지현 : 여기도 확인요. ^^

김현수♥ : 내가 밴드 사용법을 잘 몰라서 표지만 보았어.

전지현 : [스티커] Welcome

강민주 : [스티커] Congrat!!

제2장

월수입(pay)

#4 월수입(2017. 3. 20.)

오늘의 주제는 월수입(월급)입니다.

월급을 주제로 무슨 말을 하려나? 궁금하시죠? ^^

오늘부터는 본문에 주제를 올리고 토의를 하고 싶습니다.

지금부터 회원님들은 주제인 월급에 대한 본인의 생각을 기탄없이 적어 주시길 바랍니다. ㅎㅎ

친절히 설명해 드렸던 지난 글에 성의 안

보이는 스티커 한 장 날려주신 강민주 회원님!

반성하세요!!

크~~~~

🗋 댓글

김도영: 뭔가요? #4는...?

강민주: [스티커] 허걱...

이종권: 자, 시작합니다. 월급이 뭔가요? 강민주 회원님.

강민주: 한 달 일한 대가.

이종권: 사전이시군요. 다른 의견 있으신 분 적어 주세요.

김도영: 한 달 동안 식구가 먹고살 수 있는 금액. 물론, 부족한 가정도 있겠
　　　 지요...

김현수♥: 한 가족 수입에 대해서 말하는 것인가?

이종권: 네, 지금 말씀하신 것 말고 의미가 없을까요? 더 있으시면 올려주
　　　 세요.

이종권: 예를 들어 30일 중 하루만 행복하게 하는 것.

이종권: 시적인 표현 가미 되어도 좋습니다. 흐흐...

이종권: 음...

이종권: 오늘은 여기서 마무리 해야 할 것 같네요... 조용하신 거 보니. 히히!

이종권: 제가 말하는 월급은 생계를 위해 사랑하는 가족들과 매일 이별하게
        하는 가족 간의 강을 만드는 필요악이라는 겁니다. 이겨낼 방법을 찾
        아봐야겠지요...

이종권 : 그럼 내일 주제 발표하겠습니다. 내일 주제는 울타리입니다. 기대해
        주시고 편한 밤들 되세요

#5 울타리(2017. 3. 21.)

지금 저는 출근 중인데 배터리가 다되어서 오늘은 조금 일찍 올
립니다.

자! 그럼 예고대로 주제는 울타리입니다.

사전 찾아 쓰셔도 좋고, 뭘 하셔도 좋습니다.

시작합니다.

울타리 하면 생각나는 건 뭔

가요??

🗋 댓글

#6 비젼(VISION, 2017. 3. 22.)

오늘은 조금 진지한 분위기로 가보겠습니다. 음~.

여러분은 사회에서 우리의 아이들에게 무엇을 해주었으면 하나요?

보호? 일자리? 음…

크게 두 가지겠군요…

말해놓고 보니, 또 무거워지네요.

부모로서 대신해줄 수 있다면 어떤 희생을 치르더라도 하련만 가는 세월 앞에 깊은 한숨만 나네요...

영화 "말아톤"에서도 있었던 대사 같고, 일본의 공동작업장 실화를 그렸던 도토리의 집이라는 만화에 나오던 내가 저 아이보다 하루만 더 살게 해달라는 기도에 깊은 공감이 느껴집니다.

하지만 우리는 부모이기에 더욱 노력해야 합니다.

그리고 세상이 우리들의 아이를 인격체로 인정하도록 세상에 요구하여야 합니다. 그래서 많은 부모회에서 힘든 활동을 하며 세상에 소리 내고 있습니다.

지금 정도의 결과도 얻어내신 것이 소리 없이 흐르는 눈물을 참아내시며 꾸준히 노력해오신 어머님들... 우리 심통클럽에서는 이난숙 회원님이 독보적인 열성 운동가이시겠지요...

수고 많으셨고 많이 힘드셨을 것입니다.

주제가 무거워 올림글이 두서가 없습니다.

아무튼, 아버지들끼리 모여 술 마실 때 나눴던 이야기를 바탕으로 몇 가지 아이디어를 세상에 내놓기 전에 회원님의 냉정한 판단을 먼저 듣고 싶습니다. 이미 공지했었던 회의를 구상된 사업의 설명회 자리로 변경하고자 합니다.

한 분도 빠짐없이 참석해서 새로운 사업의 비전과 실현 가능성을 예상하고 각자 할 일을 생각해볼 시간이 되길 바랍니다.

마지막으로 오늘까지 우리 모임의 목적을 잊지 않게 해준 우리의 아이들과 여러 회원님들께 감사함을 간직해 봅니다.

오늘은 댓글 달지 말아 주시고 눈팅은 꼭 다 읽어 주세요.

내일은 토요일 사업설명회 안내 공지 올리겠습니다.

심통클럽 tip

월수입 쉐어링이란?

    가구원 중 한 사람이 받는 월급의 총액을 가구원 전체가 함께 일하고 각각.... 받게끔 하고 그 총액이 앞선 한 사람의 월급보다 같거나 많게 하는 것을 말합니다.

월수입 아빠 200만 원	=	월수입 아빠 100만 원 엄마 100만 원

사업설명회, 황당스러워~ 너무나

2017. 3. 23. ~ 24.

사업설명회 개최 공지(2017. 3. 23.)

제 목: 심통 DOME 사업설명회

일 시: 2017. 03. 25. 토요일 12:30분

발표자: 이종권

심통 DOME 사업설명회 장소공지(2017. 3. 24.)

장 소: 창동 동아아파트 김현수, 이난숙 회원님 자택 거실

오늘은 PT 준비 관계로 이만 줄입니다.

심통 DOME 사업발표회 실시보고 (2017. 3. 25.)

안녕하십니까? 회원님들.

예정된 대로 오늘 오후 전지현 회원님을 제외하고 총원 5명이 참석한 사업발표회가 잘 마무리되었습니다.

감사합니다. 꾸뻑! ^^

회원님들 매우 당황스럽고 혼란스러우셨으리라 생각됩니다만, 아무튼, 제안에 대하여 같이 생각해보기로 하고 한 달에 한 번씩 정기적 회의를 하기로 하였으니 소기의 목적을 달성하였다 할 수 있을 것입니다. 그리고 내일부터 하루에 한 가지씩 심통 DOME 의 장점을 설명드릴 건데요.

회원님들의 투표로 다음 날의 주제를 정하겠습니다.

저 빼고 다들 투표해 주세요.

[투표함] 무엇이 더 궁금하세요?

기호 1. 자가발전 ———— 김현수♥, 강민주, 김도영   당첨
기호 2. 라쿠칼라차 ——— 전지현

🗨 댓글

이종권: 음~.

전지현: 위에 거가 뭐예요? 작은 오빠?

이종권: 블라인드 마케팅 같은 건데요. 그냥 저 두 가지 중 더 궁금한 거 하나만 투표해요, 그럼 당첨된 내용을 내일 오후 5시에 설명하는 올림글 올라갑니다.

이종권: 전 투표권이 없습니다.

김현수♥: 오늘 수고하셨음.

이종권: 투표요...

이종권: 쩝! 형수님은 사표(죽은 표)가 되셨네요... ㅎㅎ

이종권: 그럼 투표 결과에 따라 내일의 주제는 자가발전이고, 모레 주제는 라쿠칼라차가 되겠습니다.

김현수: 회원님, 이난숙 회원님께 투표는 문화시민의 의무라고 전달을 해주십시오.ㅎ

이종권: 이상 투표 마감하겠습니다. 오늘 투표율 80%입니다. 다음 투표에는 100% 기대해 봅니다. 안녕히들 주무시고 내일 뵈어요.

#7 자가발전(2017. 3. 26.)

어제 투표로 선정된 오늘의 주제 자가발전입니다.

오늘부터 저는 그동안 생각해둔 여러 가지를 하루에 하나씩 올릴건데요.

자가발전은 생각하시는 바와 같이 심통 DOME에 설치해서 전기를 생산할건데요.

일단 Dome의 중앙에 풍력발전기를 세울 거예요. 1기만.

그래서 바람을 이용해 전기를 만들 거죠...

하지만 이 풍력발전기는 전기생산보다는 디자인용이라고 생각해주세요.

다음으로 건물 옥상에 태양전지판을 설치해 태양광 전기를 생산을 할 거구요.

세 번째로 건물 외벽에 일정 두께의 워터파이프를 둘러 물의 흐름으로 수차를 돌려 발전하게 하고 내려오는 물의 압력에 의해 바닥에서 옥상으로 물이 순환되도록 해서 무한

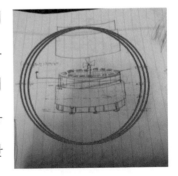

순환 발전을 하게 할 겁니다.

일단, 요정도...

내일은 라쿠칼라차입니다.

많은 기대 바랍니다.

 댓글

> 김현수♥: 풍력은 바람 소리 효율이 낮아.
>
> 강민주(이종권): 그럼은 그냥 풍차로 가는 게 나을려나요? 저도 효율성은 없
> 을 거라고 생각하긴 했어요. ^^
>
> 전지현: 잘 보고 갑니다. ^^
>
> 이종권: 헐! 정주행하다 보니 오타가 하나 숨어 있네요. 와우~. 옥에 티를 발
> 견했네요...
>
> 이종권: 오타 수정 완료, 세상에 나만 아는 비밀이 하나 생겼네요.

#8 라쿠칼라차(2017. 3. 27.)

제 아들 귀원이는 공부는 죽어라고 안 합니다.

좋아하는 것은 시즌을 많이 타서 시시각각 변하곤 합니다.

그런데 몇 가지는 변함이 없어요.

그중 하나가 자동차이지요.

제가 운전을 하면 뒤에 앉아서 조작하고 싶어서 아주 죽습니다.

크크

근데 울 아들이 커서 면허를 딸 수 있을까요?

긍정적으로 생각하면 딸 수도 있겠죠.

근데 그러려면 지금 하기 싫어하는 공부를 무쟈게 해야 할 거예요.

그래서 전 생각했습니다. 공부하기 싫어하는 혹시 난독증 아닌

가 싶은 울 아들에게 직업을 만들어 주기로요.

궁금하시죠?

제가 꿈꾸는 심's 타운에는 기차가 있고, 그 기차의 이름은 라쿠칼라차입니다. 물론 기관사는 울 아들 귀원이이지요.

이난숙 회원님 묻고 싶습니다.

아이들의 직업 우리가 만들어 주면 안 되는 건가요?

🔲 댓글

> 김도영: 좋은 생각입니다. 울 아들은 뭘 시킬까요?

> 이종권: 이미 생각해둔 게 있습니다. 민증 나오면 시켜줄게요. ㅋㅋ

> 이종권: 아니면 김도영 회원님도 저처럼 만들어 보세요. 심통돔이 도와줄 거예요.

> 전지현: 귀원이가 운전하는 차를 타보고 싶네요.

> 이종권: 기차라고요, 올림글에 집중 좀 하세요...

> 전지현: 정정... 기차요. ^^

> 강민주: 귀원이는 낮에는 악당, 밤에는 천사예요. 분명히 좋은 날이오겠죠. ^^

> 이종권: 이난숙 회원님이 제가 물어본 것 대답해 줄까요? ㅎㅎ

> 이종권: 이글 쓸 때의 감동이 새록새록 나네요.^^

> 김도영: ㅋㅋ

라쿠칼라차는 멕시코 민요 '라쿠카라차'에서 인용한 것입니다.

라쿠카라차의 뜻은 바퀴벌레라고 하네요.

전 잘 모르는 멕시코 혁명에 관련이 있다고 합니다.

포기하지 않는 민중의 봉기에 사용된 노래라고도 합니다.

저도... 우리의 희망... 절대! 절대로 포기할 수 없다는 뜻에서 우리의 기차 이름을 '라쿠칼라차'라고 명명하였습니다.

상청.

💡 심통클럽 tip

파티 잡이란?

게임에 보면 파티 사냥이란 말이 있습니다.

혼자서 잡기 어려운 몹(몬스터)를 다른 플레이어와 함께 사냥하고 얻어진 아이템을 균등하게 배분하는 것을 말하는데요.

전 있는 집 아이들의 직업 부여에 파티개념을 도입하려 합니다.

아이들의 부모가 평상시에 하는 보호와 동시에 같이 일을 하며 공감할 수 있다면…

아이와 보내는 시간이 지금처럼 힘겹게만 느껴질까요??

일하며 느끼는 행복감은 아주 크리라 생각합니다.

소액이지만 월급은 덤입니다. ㅋㅋ

감싸심 part 1

#9 노후(2017. 3. 28.)

얼마 전에 저희 장인어른 덕분에 수원영통에 있는 노블카운티라는 실버타운에 갔다 왔습니다.

시설 좋고, 공기도 좋고, 다 좋더라구요...

그래서 나오는 셔틀버스 안에서 한 멋쟁이 할머니께 "여기 계시니 좋으세요?"라고 물으니, 밥이 식당 밥이라 물리기는 하지만 좋다고 하시더군요.

여유로워 보이는 모습에 사실 많이 부러웠던 게 사실입니다.

어찌 보면 저렇게 여유로운 노후를 보낼 수 있는 복을 누리는 사람이 몇 프로나 될까 싶은 마음에 서글퍼지기도 하더라고요.

난 어떨까? 늙어서 저 나이가 됐을 때 어떤 모습으로 늙어갈까? 걱정이 많이 되더라구요.

다녀온 뒤 심통돔 준비로 여러 가지 생각을 하던 중 아이디어 하나가 생각났습니다.

나중에 우리 심통돔에 있는 실버타운 감싸심에 입주할 때 사용하는 생활비를 지금부터 포인트로 쌓아보자고요...

그래서 소개합니다.

심통 포인트입니다.

심통 포인트의 적립 및 사용방법은 내일 올림글에 적겠으니 궁금해도 좀 참아주시고요...

어제 우리 심통클럽에 신입회원이 들어왔습니다.

귀원이의 고종사촌 누나이고요,

이름은 나남지. 졸업 막 한 취준생입니다.

자! 환영의 박수 시작~.

□ 댓글

강민주: [스티커] 최고예요!

김도영: 저는 죽을 때까지 돈 벌어야 될 거 같은데요. ㅠㅠ

이종권: 신입 환영해주세요. 회원님들.

Nam ji: 안녕하세요? 잘 부탁드립니다. ^^

이종권: 써~얼~렁. 올밴드 어카지요? 좀 올려주세요. ㅎㅎ

김도영: 지금 업무 중이라...

김도영: 신입회원 환영합니다.

#10 심통 포인트(2017. 3. 29.)

오늘은 어제 올림글 말미에 올렸던 심통 포인트를 말씀드리겠습니다.

심통 포인트... 여기까지 읽고 생각 드시는 게 있지요?

흔한 카드 포인트 같은 건가?

글 쓰는 이가 그리 쉬운 답을 던질까? 뭔가 있지 않을까?

생각하시는 회원님도 있으시겠지요.

오늘은 평범하게 갑니다. ^^

맞습니다. 카드 포인트.

회원님들 전 지금 출근 중입니다.

제 직장인 여의도 트윈타워에는 동·서관 각각에 사원식당이 있습니다.

거기서 사원증으로 밥을 사 먹고, 편의점 가서 담배도 사곤 합니다.

물론 충전해서 먹어야 하는 거구요...

근데 여러분 제 회사에서는 포인트를 안 주더라고요.

그래서 제 이상인 심통 Dome에서는 Dome 내에서 지불하는

지정카드를 만들어 사용하게 하고, 언젠가 다가올 넓으심에서의 은퇴식 이후에 본인이 사용할 수 있는 자기준비형 마일리지 포인트가 바로... 심통 포인트입니다.

이상 오늘의 주제는 마치고요.

내일 주제는 "이끌지 마라. 따르게 하라."입니다.

내일 뵈어요~. 꾸뻑!

☐ 댓글

> 김도영: 출첵
>
> 이종권: 나중에 출첵도 포인트 줄 생각입니다. 아직은... ㅎㅎ
>
> 이종권: 내일은 용훈이 일자리를 한번 소개해 볼까 합니다.
>
> 강민주: 뜻하는 바 이루어지길 간절히 소망합니다.
>
> 이종권: 남 얘기하듯 하시네용... ㅋ
>
> 이종권: 우리 이야기입니다. 주인의식을 가집시다. 강민주 회원님. ㅋ

> 심통 포인트는 개인당 2억 원 한도로 적립됩니다.
> 포인트 2억 원 있으면 감싸심에서 생활비 안 내도 됩니다.

#11 이끌지 마라, 따르게 하라(2017. 3. 30.)

오늘의 주제는 조금 길죠?

한번 따라 읽어보셔요? 말이 멋있지요?

근데 실천하기는 많이 어렵네요.

일단, 회원님들께 죄송스런 제 마음을 전달

해 드리려 합니다.

제가 이번 기획의 비전을 알게 되면서 여러

회원님들을 이끌려고만 한 거 같습니다. 죄송

합니다. 꾸뻑!

이제부터는 여러분들이 따라오시도록 약간 앞에서 속도 조절하

며 가도록 하겠습니다. 그런 의미의 주제였구요.

얼마 전에 저희 아파트 1층에 화이트보드 하나가 나와 있었습

니다. 누군가 필요하면 가져가라는 메모가 적혀 있길래 얼른 제가

가지고 들어왔지요?

그랬더니 숙제하라고 노트에 글씨 쓰라면 정말 싫어하던 울 아들

귀원이가 스스로 가득 지가 아는 글자로 빼곡히 써 놨더라고요.

전 그동안 귀원이를 귀원이 학교 동급생과 비교하며 끼워 맞추

려고 이끌기만 했던 거죠.

그래서 그 이후엔 귀원이에게 잔소리를 좀 덜하려고 하고 있습니다.

여러분들도 알아서 따라 오셔요... 흐흐

칠흑같이 어두운 밤하늘에 달은 안보이더라도 하늘에 달이 있다는 걸 여러분은 아시지요?

그와 같이 저는 단톡 안 하더라도 시간 되면 연재되는 웹툰처럼 연제 하고 있을게요.

우리의 미래는 조금씩 밝아 오고 있습니다. 흐흐

PS. 서론이 길어 용훈이 일자리 이야기가 넘 늦었네요. 용훈이를 모르시는 회원님들을 위해 잠깐 소개드립니다. 인지가 약간 있지만, 자폐가 있어 직업 선택에 많은 어려움이 있다고 다른 분들이 말들을 하시는 데.... 전 생각이 다릅니다. 용훈이처럼 자기 혼자 움직일 수 있는 아이에겐 '파티잡'을 이용하게 하여 할 일을 만들 수 있습니다. 어려우신가요? 활동 도우미 아시지요? 그 개념으로 일자리 도우미 붙이면 같이 일할 수 있지 않을까요? 그게 제 생각입니다.

오늘 아침에 퇴근해서 자다 시간을 넘겼습니다.

죽을죄를 지었습니다. 한 시간을 넘기다니...

연재 시간 맞추도록 노력하겠습니다.

"내일은 하루 쉴까요?"입니다.

흐흐... 주제가 "하루 쉴까요?"라고요. 연재

를 쉰다는 게 아닙니다.

🗋 댓글

> 김도영: 출첵... 지각하셨네..
>
> 이종권: 네~넹...
>
> 강민주: 잘되길바래요
>
> 이종권: 전 이글에 우리 있는집 아이들이 적든, 많든 당당히 세금 내게 만들
> 고픈 소망을 담았었습니다. 아이에게 장애는 말 그대로 장애물일 뿐
> 입니다. 넘어갈 수 있도록 함께 도와주어야 하지 않을까요?

#12 하루 쉴까요?(2017. 3. 31.)

오늘은 직장에 대해 이야기를 해볼까 합니다.

전에 월수입 편의 댓글에 제가 달았던 글인데요.

우리는 한 달을 살아가기 위해 대부분의 사람들이 직장에 다녀야 하지요.

개중에 아닌 사람들도 있겠지만, 대부분의 사람들이 힘겨워합니다.

출근을 위해 포근한 잠자리와 이별해야 하고, 잠든 아이와도 헤어져야 하고, 자존심 따위는 애초에 나에게 없었던 것마냥 하루를 견디다 너덜해진 몸과 마음으로 돌아가는 반복을 약 스무 번 정도 하면 주어지는 상처뿐인 영광 같은 거죠.

씁쓸하시죠.

다들 경험해 보신 적 있으실 거예요.

급작스레 휴가를 써야 하는데, 마음 놓고 말 못 해본 경험을 말하는 겁니다.

왜? 말하지 못했을까요?

전 이렇게 생각합니다.

회사와 내가 종속적인 관계로 정착된 탓이라고요.

전 분명히 회사를 위해 많은 부분을 주고 있는데, 회사는 저에게 월급만 주면서도 제 노력보다 월급에 무게를 많이 두기 때문이라고요...

전... 그래서 회사를 차릴 생각인데요.

그 회사의 주인들이 직접 일하게 할 겁니다.

그렇게 직원이 주인이고, 사용자가 노동자인 직장을 만들 겁니다.

그러면 자신 있게 말할 수 있을 겁니다.

"저, 내일 쉴께요."라고 말이죠. 흐흐

내일의 주제는 이사입니다.

참고로 내일은 출첵 잘하시는 김도영 회원님을 중점으로 다뤄보겠습니다.

내일 뵈어요~.

🗨 댓글

김도영: 주인이면 일하기 싫은데요...^^

이종권: 내일의 주인공이 왜 이러세요..크크

강민주: 좋아요

형진: 저도 좋습니다.~~

이종권: 흐흐

제5장

감싸심 part2, 우린 같이 살아요

#13 이사(2017. 4 1.)

안녕하세요. 회원님들!

오늘은 시간을 빨리 보내 볼까 합니다.

시간이 흐르고 저와 여러분들의 노력이 결실
을 보았네요.

이사 갑시다...

한적한 시골 읍내에 수십, 수백의 차량이 몰
려듭니다.

사람들은 넓은 터에 자리한 우리들의 울타리

로 먼 길 달려온 차량 수백 대가 들어가 한순간에 시끌벅쩍해지
네요...

심통 돔의 중앙에 위치한 태극 풍차의 망루에서 전 그 모습을
보는 제 눈가에 젖은 추억에 찔끔거리네요.

생각만으로도 흐뭇해집니다.

지금은 저만 해당되겠지만 머지않아 회원님들도 저에게 동조하
시게 될 거라 확신합니다.

김도영 회원님!

이사 가면 거기서 뭐 하실래요?

제 추천은 렌터카 센터 관리소장 하시면 어떨까요?

전 심통돔에 입주자들에게 저렴하게 렌트할 차량을 한 백 대
정도 들일 생각입니다.... 그 차량들 관리해 주실 거지요?

혼자 못 하신다구요? 그럼 동료 달고 오세요... 크크

🗨 댓글

김도영: 차는 지겨워요~.

이종권: 크크...

형진: 귀원이가 보고 싶어요.

이종권: 주제는 이사였어요. 꿈 꿔 봅시다. 꿈은 열망을 불러 성취로 가게 합니다.

형진: 넵~. 저도 꿈을 가지고 싶습니다.

강민주: 빨리 입주하고 싶습니다.

이종권: 내일은 감싸심을 설명드리는 시간이 되겠습니다. 궁금하시죠?? 기다리세요... ^^

#14 감싸심(2017. 4. 2.)

어제 댓글 마지막에 말씀드린 감싸심을 주제로 오늘 올림글을 시작해 볼까요?

인생을 사계. 봄, 여름, 가을, 겨울에 비교하는 강사들을 많이 봤었습니다.

인생의 말년이 혹독한 겨울이 되지 않으려면 여름에 준비를 충실히 하여야 한다는 등의 강의... 회원님들도 한두 번쯤은 들어 보

셨을 꺼예요.

세상의 모든 사람들이 그렇지만, 특히 우리나라 사람들은 자식 뒷바라지에 심혈을 기울이다가 정작 본인들의 겨울을 힘들게 지나는 것 같아요...

회원님들은 어떤 준비를 하고 계신가요?

생각할 겨를 없다고요? 목구멍이 포도청이라...?

그래도 준비는 해야 합니다.

그래서 저를 포함하는 모든 사람 행복 도시 '심통돔'에 '감싸심'을 마련했습니다.

감싸심이란 심통돔 내에 있는 실버타운의 이름으로 감사의 마음이란 뜻입니다.

실버타운이라 하면 다들 아시는 바와 같이 돈 여유 있는 노인들이 몇억 보증금 넣고, 단체식당에서 주는 밥 먹고 여가시설에서 시간 보내는 주거시설로 생각하실 겁니다.

저희 감싸심도 기존의 실버타운의 틀을 유지할 것입니다.

보증금 및 생활비도 받을 것입니다.

취지에 맞게 일반 시설보다는 조금 싸게 모실 것입니다.

회원님들 어르신들을 모실 수 있을까요?

의구심이 드시지요?

시골에 그것도 대기업, 공익재단에서 운영하는 것도 아닌데 우리한테 보증금 내고 오실까요?

하지만, 전 자신합니다.

왜냐?

모실 어머니, 아버님들이 바로 내 어머니, 여러분의 아버님들이시기 때문입니다.

기존의 시설들은 언제든지 가족들이 찾아와 같이 밥 먹고, 자고 갈 수도 있다고 자랑스럽게 설명하더군요.

저희 감싸심은 1층이구요, 그분의 자녀는 2층에서 장사를 하거나 3층에서 살아요... 이러면... 오실까요? 안 오실까요???

정답은 여러분이 말해 주세요... 흐흐

내일의 주제는 있는(?) 집... 없는(?) 집입니다. 내일도 기대해 주세요. 꾸뻑!

□ 댓글

김도영: 지각

이종권: 나름 시간 맞추려고 노력 중입니다. 5시를 5시쯤으로 변경하려는데
　　　 허락해 주옵소서... 회원님들... 크크

김도영: 안돼요...

이종권: 흥... 4월 정모 날짜나 주세요...ㅋㅋ

강민주: 어떻게 이런 생각을 했어요. 굿!

이종권: 내 주변에 대상자분들이 많더라구요... 흐흐

형진: 보통 영화나 드라마가 주제를 가족을 많이 쓰더라고요. 그만큼 가족
　　은 정말 중요한 것 같습니다. 가족을 위한 일이니만큼 다들 공감을 많이
　　할 것 같아요.

이종권: 흐흐. 널리 알려야겠지요..나름 성공적 반응... 감사합니다... 흐흐

왜 심통클럽이 됐나요?

예전에 있었던 컴퓨터 게임 중에 '심시티'라는 게임이 있었습니다.
해보신 분도 있으리라 생각합니다.

심시티는 컴퓨터 프로그램 안에서 플레이어에게 아무것도 없는 토지를 주고, 그 안에 플레이어가 자신의 마음대로 도시를 만들게 하는 시놉시스를 가지고 있습니다.

저도 한때 신나게 했었죠....

제가 귀원이의 학교문제로 속상한 게 있을 때, 김현수 회원님 댁에서 "아이가 아이다울 수 있도록 우리 심시티 한번 해볼까요?"라고 말했던 것이 심통클럽의 시작점이었습니다.

술자리 끝에 한 이야기라 김현수 회원님은 기억도 못 하실 것 같네요.... 흐흐

제6장

있는(?) 집, 없는(?) 집

#15 있는(?) 집, 없는(?) 집(2017. 4. 3.)

있는 집 하면... 무슨 생각을 하시나요?

안녕하세요. 회원님들

있는 집에는 과연 뭐가 있는 걸까요?

보통은 돈을 말하겠지요?

제가 오늘 말하는 있는 집과 없는 집은 앞에

걱정을 붙이면 됩니다.

즉, 걱정 있는 집, 걱정 없는 집을 말합니다.

걱정 없는 집?

과연 세상에 있기는 한 걸까요?

우리 집이 걱정 없는 집이었으면 좋겠습니다. 흐흐

오늘의 주제를 정한 이유는

우리 심통돔의 입주 대상자들은 2가지로 구분되는 가정(집)이기 때문입니다.

어렵죠? 이해가 크크~~

걱정을 장애아이(어른 포함)로 바꾸겠습니다.

있는 집에는 장애아이가 있는 집이고, 없는 집은 없는 집입니다.

저희 집은 있는 집이고, 방형진 회원님 집은 없는 집이지요.

이 구분은 앞으로 올림글에서 많이 사용될 예정이오니 꼭 기억해 주세요.

우리 심통돔에는 3층과 4층에 입주할 가정은 있는 집, 없는 집을 다 받아들일 생각입니다.

있는 집에는 아이에 대한 공동보호와 공동치료, 그리고 일자리를… 없는 집에게는 삶의 여유로움 과 작지만 익사이팅 한 활력을 드리려 합니다.

그 방법 중 하나를 살짝 말씀드리겠습니다.

심통돔에는 넓으심을 만들 겁니다.

대학캠퍼스에 있는 야외무대 같은 건데요.

조금 돈을 들여 조명 및 음향장치를 설치할 겁니다.

그곳에서는 정기적인 공연과 간혹 작은 결혼식이 열리게 되고, 은퇴식 등을 할 예정입니다. 흐

참... 조용할 날이 없는 동네인 거 같네요.

암튼 있는 집이건 없는 집이건 공동으로 사용할 수 있는 심통 돔의 시설은 아직도 많이 남아 있습니다. 흐흐

지켜봐 주세요.

조용한 지하철역에서 한 아이가 소리를 치면 돌아보게 되는 게 당연지사이지만, 자주 보다 보면 우리 아이들 같은 천사들 속에 사시게 된 없는 집 식구분들은 해맑은 이웃을 얻게 되는 행운을 본인이 벌써 가졌다는 걸 아시게 될 겁니다.

내일은 넓으심의 은퇴식을 주제로 말씀드리겠습니다.

꾸벅...

🗩 댓글

김도영: 출첵

이종권: 에고, 에고... 잘못했어요... ㅠㅠ

이종권 :그놈의 잠이

이종권: 김도영 회원님 정모 날짜 주세요~.

형진: 좋은 공간이 되겠네요. 심통돔~.

이종권: 앞으로도 많아요... 9만 평. 흐흐

#16 [화요일-상상극장 1] 넓으심(2017. 4. 4.)

울 밴드의 활성화를 위해 전 매주 화요일 올림글은 상상극장 시간으로 갈려고 합니다.

때는 지금으로부터 10여 년이 흘렀습니다.

심통? Dome 안에 있는 세계 유일의 인간 존중 테마파크인 심's 타운의 넓으심에서 심통돔 창립 멤버 중 맏형이신 김현수 님의 아드님인 김용훈 군이 '리'동 3004호에 사시는 장아무개 님의 장녀 장이쁨 양과 작은 결혼식을 합니다.

넓으심에 나오신 가족 및 친지 분들이 약 50분 정도 돼네요?

식순에 따라 간단한 소개 후 웨딩마치 음악에 따라 신랑이 입장합니다.

박수가 터지는데... 넓으심에 나오신 분들과 자기 집 앞에서 직접 또는 태극 풍차에 설치된 스크린을 통해 보시는 돔 내의 모든 거주자가 힘찬 박수와 함성으로 떠들썩하게 합니다.

곧이어 오늘의 주인공 장이쁨 양이 아름다운 드레스를 입고 새 신랑 옆에 다소곳이 다가섭니다.

스크린에서 미리 녹화된 신랑 어머니 이난숙 님의 감사 인사가 상영됩니다.

그럴 줄 알았지만, 정말로 많이 우십니다... 흐흐

영상이 끝난 후 주례석에는 신랑 아버님과 같은 창립 멤버로 현재 심통재단 J&D 센터장인 바로 제가 주례를 합니다.

저도 감회가 솟구쳐 준비한 주례사를 다 읽지 못하고 울어버립니다.

하객 및 관객들의 환호에 주례는 묻혀가네요...

사회자의 진행에 따라 식은 작지만 성대하게 마치고 신랑·신부는 심통렌트에서 무료로 준비해준 웨딩카로 향합니다.

차 앞에서 신랑 김용훈 군이 양가 부모님께 큰절하고 그 옆에서 신부가 조용히 흐르는 눈물을 훔칩니다.

웨딩카가 출발하고, 부모님은 하염없는 눈물을 흘리기는 했지만, 번지는 미소가 너무 아름답습니다.

곧이어, 사회자의 안내멘트가 흘러나옵니다.

신랑 측 아버님이 '감'동 공동식당에 2,000명분의 식사를 준비하셨으니 돔 식구분들은 꼭 찾아 드시고, 많이 많이 축하해주십시오... 이상!

상상놀이 극장을 마칩니다...

오늘의 주제인 넓으심은 충분히 이해하셨겠지요?

상상만으로도 너무 행복해 집니다... 흐흐

내일의 주제는 '덜음이'입니다.

많은 기대 바랍니다.

PS. 회원님들의 기대에 부응하도록 다음 주 화요일에도 행복한

상상놀이 시간 준비하겠습니다.

☐ 댓글

김도영: 형님, 고생 많으십니다.

이종권: 오늘은 형님이랑 형수님이 꼭 보셨으면 싶은데...

소원이 이뤄질까요?? 크크

이종권: 넹~.

형진: 읽고 상상만 해도 감동이 있네요... 감동의 감에 왜 작은따옴표(' ') 가
있는지 추리하기가 쉽지가 않네요. 흐 제가 형님의 뜻을 헤아리지 못하
는 이유기도 하고요. 넓으심만 조금 이해가 됩니다.

이종권: 나중에 다 알게 됩니다... 흐흐

강민주: 기대됩니당.

이종권: 회원 여러분... 우리가 추진하려는 일의 가능성에 무게 두고 심각해
지는 건 언제든 할 수 있습니다. 일단 지금은 작은 행복을 꿈꿔 보시
길 바랍니다.

이종권: 4월 19일, 전 지금 역주행 중인데요. 작가 입장에서 이 글 넓으심
은 아픈 손가락 같아요. 잘 안 풀린 큰 자식 같다고 해야 하나... 암튼
쫌...

#17 덜음이(2017. 4. 5.)

오늘은 비가 오네요... 마음이 차분해집니다.

안녕하세요. 회원님들!

오늘은 주제 설명을 위해 월수입 쉐어링을 설명드릴게요...

제가 생각하고 있는 심통돔에는 있는 집 아이들을 위한 시설들이 많이 필요합니다.

그 시설들에서 일손이 많이 아주 많이 필요합니다.

어렵죠? 뭔 소리인가 싶으시죠?

한 마디로 현재 있는 집들은 각자 자기 집에서 아이들을 보호하고 치료를 위해 부모는 아이들과 한 몸처럼 같이 뺑뺑이를 돌고 있습니다.

전 심통돔 안에 우리 아이들의 치료 및 교육을 위한 시설을 지으려 합니다.

물론, 돔 안에 있으니 혼자 보행이 가능한 아이는 혼자 보낼 수 있겠지요?

즉, 큰 울타리 안이라면 우리는 아이에 대한 걱정을 덜 수 있고, 또한 아이들에게도 혼자 할 수 있다는 일석이조 이상의 효과

를 볼 수 있다는 것입니다. 흐흐

이렇게 말해놓고 보니 없는 집 분들은 역차별 하는 거 같지만, 좀 더 생각해보면 그 혜택은 없는 집에도 동일하게 적용 가능할 것 같네요.

제가 여러 회원님들을 알게 된 것을 한 번 생각해 보셔요?

나중에 밴드에 가입하셔서 정주행하실 회원님도 생각해 보셔요...

전 여러분 모두를 잘 알지는 못합니다.

하지만 지금 우리가 사는 아파트 옆집 사람보다는 저에 대해 잘 아시지 않을까요?

바로 그것입니다. 우리는 울타리 안에서 이미 많은 부분을 공유할게 될 것이기에... 우리 아이들을 울타리 안에서는 마음껏 방치(?)하셔도 될 거라는 말이지요.

암튼 현재로 돌아와서...

보통의 가정에서 아빠는 나가서 돈 벌고, 엄마는 집에서 애 보고... 이게 공식화되어 있겠죠?

전... 그걸 바꾸고 싶다는 것입니다.

월수입 쉐어링... 월수입을 쪼개자는 겁니다.

제가 200만 원을 벌던 걸, 저랑 아이 엄마랑 100만 원씩 벌면

되지? 이런 이야기입니다.

이해되시나요?

일하러 멀리 가지 않아도 되니, 일하다 아이가 지나가면 불러 머리 한번 쓰다듬어 주면 안되나요?

엄마도 맘 편히 만들어 드렸으니 일 좀 하면 안 되나요?

있는 집이건 없는 집이건 심통돔 내에서 공공의 성격의 일을 하시는 분들의 통칭을 전 '덜음이'라고 부를 것입니다.

덜음이에게는 많은 보수를 드리지는 못하지만, 삼시 세끼 식사와 일정한 심통 포인트를 매달 적립해 드릴 생각입니다.

설마?? 심통 포인트 벌써 까먹으신 건 아니겠죠? 흐흐

내일의 주제는 신뢰입니다.

오늘은 여기서 마칩니다. 꾸뻑~.

🗔 댓글

이종권: 덜음이는 걱정을 덜어주는 이를 줄여 만든 겁니다. 크크. 저의 작명
센스가 날로 발전되어 가는 거 같습니다...

이종권: 참 덜음이는 필요 인원의 2배수로 뽑을 겁니다. 그래야 저 "내일 쉴
게요."가 가능해지겠지요. 흐흐

김도영: 음... 그렇군요.

형진: 오, 그런 계획이 있군요... 좋은 계획 같습니다. 회사 출근 시간이 한 시
간 이상이면 삶의 질이 급격히 떨어진다고 어디 뉴스에서 제가 본 것
같습니다. 계획대로 라면 행복지수가 높아질 듯하네요...

이종권: 흐...

강민주: 좋아요

김도영: 빨리 이뤄지면 좋겠습니다.

제7장

신뢰, 그리고 변화

#18 신뢰(2017. 4. 6.)

사랑하~는 우리 귀워니~~ 사랑스런 우리 부워니~~

믿음직한 믿음입니다~. 지금 꿈~나라로
갑니다~~.

이제 이 이모티콘을 보시면 노래한다는
거 아시겠지요?

안녕하세요. 회원님들...

위에 쓴 노래는 제 아들 귀원이에게 불러
주던 자장가입니다.

아이 이름 셋이 나오는데... 전부 귀원이를 지칭하는 이름이랍니다.

그 중 믿음이는 제가 지은 태명인데요...

사람에 대한 믿음을 많이 잃어 보이는 귀원 엄마에게 보내는 메시지이기도 했지요. 흐흐

근데... 이쁘다고는 했어요... 흐흐

믿음.... 신뢰....

오늘의 주제는 신뢰인데요...

여기까지 읽어주신 회원님들은 이런 생각을 많이 하셨을 거예요?

좋기는 하지만, 몇몇 사람이 이 일을 할 수 있을까?

되면 좋기는 한데? 우리가 할 수 있을까라고요... 흐흐

몇몇... 우리로는 힘들 거예요...

하지만 몇몇 우리를 몇만 우리로 바꿔 불러보면 어떨까요?

전 처음부터 말씀드렸습니다...

아주 큰 울타리를 만들어 같이 아파하고, 같이 즐거울 수 있는 공동체를 말이죠...

하지만, 아무리 좋은 목적이라도 사람이 많이 모이면 본래의 취지는 퇴색되고 집단의 목표를 잃기 쉽겠지요...

그런 예는 여럿 있어 잘 들 아시리라 생각합니다.

전... 그 원인이 신뢰를 잃어 그렇다 생각합니다.

그래서 이렇게 하려고 합니다.

전... 심통이라는 이름 붙는 관리조직에는 직함은 있으나... 직함에 따르는 수입은 모두 같도록 만들 생각입니다.

즉, 재단 이사장이건, 식당에서 일하는 덜음이 분이건, 매달 수령하는 월급은 같도록 만들 것입니다.

그리고 주요 직함에 해당되는 덜음이는 선출제로 할 것이며, 정기적인 감사를 시행할 것입니다.

좀 심하다 싶도록 관찰할 것입니다.

말해놓고 보니... 선출 안 받기 원하시는 덜음이 분들이 줄을 서시겠네요. 흐흐

하지만 누군가 해야 할 일이고...

공공의 이익을 위해서라면 우리 중 누군가들이 꼭 나서서 제 역할들 해주시리라 믿습니다!

내일의 주제는 버킷 리스트입니다.

내일 뵈어요~.

🗨 댓글

김도영: 선출 피하는 1인입니다.

이종권: 그 대답 예상했었습니다... 크~~

강민주: 좋아요. 크크~

형진: 신뢰 중요하지요~.

#19 버킷리스트(2017. 4. 7.)

버킷리스트... 오늘의 주제입니다.

미국의 성격파 배우인 잭 니콜슨이 주연했
던 영화제목이기도 합니다. 죽기 전에 꼭 해
보거나 가보아야 할 것을 적은 리스트를 말
하는데요... 여러분은 이런 버킷리스트를 가
지고 계신 게 있나요?

TV를 보다 보면 여행 프로그램 등에서 정말 잘 찍은 영상을 소개하며 사람들을 꿈꾸게 하는 걸 자주 봅니다...

그런데 왜?

대부분의 사람들은 그런 꿈을 잠시만 지나면 잃어버리는 걸까요?

먹고 살기도 바쁜데. 정말 먹고 살기가 힘든데...

그런 리스트 따위에 흔들릴 수는 없어서일까요?

하지만... 힘들기에 꿈을 향한 생각을 깊이 간직하여 지켜내는 소수의 버킷리스트는 그의 인생에 밝게 빛날 것입니다...

생각의 정리가 덜 된 글이라 마무리가 잘 안 되네요.

아무튼 저에겐 이번 기획이 버킷, 죽기 전에 꼭 이뤄야 하는 것입니다...

전 혼술을 자주 합니다.

얼마 전에도 퇴근 후 혼술로 TV와 마주하고 있을때 TV에 한 할아버지 이야기가 나오는데...

사고로 식물인간이 된 40대 아들을 보살피는 85세 할아버지의 아픈 사연을 본 적이 있습니다...

아들의 사고는 20대에 있었고, 할머니와 같이 아들을 돌보다 할머니마저 치매로 병원에 입원하신 안타까운 사연이었죠...

사정의 차이는 있지만, 동병상련의 기분을 지울 수 없었습니다...

왜일까요?

이유는 여러분이 인터넷으로 확인해 보셔요.

검색창에 '이종권 할아버지'라고 쳐보시면

나옵니다.

이상 오늘의 주제를 마칩니다.

내일의 주제는 정주행과 역으로입니다.

꾸뻑!

🗌 댓글

> 강민주: 마음이 아프고 남의 일이 아닌 듯합니다.
>
> 형진: 마음이 아픕니다.
>
> 김도영: 저도 혼술 좋아라 합니다만...

#20 정주행과 역으로(2017. 4. 8.)

안녕하세요?

오늘의 주제는 정주행과 역으로입니다. 꾸뻑.

먼저 역으로부터 말하겠습니다.

자, 역으로 갑시다...

역은 무슨 역을 말하는 걸까요?

제가 말하는 역은 기차역 같은 게 아닙

니다...

역주행할 때의 역, 즉 거슬러 가다라는 뜻을 가진 역을 말합니다.

여러분. 여러분이 어릴 때에 비하면 세상이 많이 바뀌었지요?

참~ 살기 좋아진 세상입니다...

물론 돈이 있을 때의 이야기입니다만.

그런데 좋아진 세상에서 발달하여가는 기술 탓에 사라진 직업

들이 너무도 많습니다...

지금 제 직장만 해도 해마다 감원만이 살길이라 생각하는 것이

회사의 실정입니다...

당사자의 고통과 낙망은 그저 루저들의 푸념일 뿐 회사나 살아 남은 자들에게는 남의 이야기일 뿐이겠지요...

나름 요즘에는 좋은 생각을 가진 기업주분들이 계셔 나아지겠 지만...

아직 부족한 것이 현실인 것 같습니다...

예전에 제가 어릴 때 버스를 타면 이렇게 외치던 여자분이 있었 습니다...

"안 계시면~ 오라이!"

우리 아이들은 모를 직업인 버스 안내양입니다...

전 우리 심통돔에 이와 같은 역발상을 도입하려 합니다...

울 아들이 운전할 라쿠칼라차의 출발점은 돔 밖에 둘 것입니다...

그리고 있는 집 아이들 중 여자아이 한 명을 훈련시켜 출발신 호 하게끔 할 생각입니다...

그런 주제에서의 역으로였구요...

다음 정주행입니다.

인터넷에 웹툰 같은 연재물을 몰아서 한꺼번에 보는 것을 정주 행한다고 합니다...

왜? 이런 주제인지... 감 오셨나요?

바로 우리 올림글도 아주~ 재미난 연재물이라는 말입니다...

저도 좀 전에 정주행했는데...

잘 쓴 글도 있고, 이상한 글도 있지마는...

재미도 있고, 감동도 있고... 웃음도, 눈물도...

기타 등등 다 있습니다.

시간 나실 때 정주행 해보시길...

그리고 주변에 소개하고 싶은 마음이 혹시 있으시다면.

권해 주실 때 꼭! 처음부터 정주행하시라고 말 전해주세요...

꼬기요~.

김도영: 꼬기요? 고기가 먹고 싶네요...

강민주: 잼있어요.

이종권: 흐~.

이종권: 참 내일의 주제는 음, 아직 생각 못 했습니다.

형진: 좋은 글입니다.

이종권: 내일의 주제는 변화입니다. 내일이 되어서 변화였다는 걸 아시는 회원님은 정주행하신 거네요... 흐흐 강조합니다. 정주행 중요합니다. 꾸뻑.

#21 변화(2017. 4. 9.)

3 곱하기 7은?

???

'뭐지?'라고 생각하시죠?

삼칠은 이십일이지요...

옛날에... 뭐 지금도 그렇기는 하지만..

아이를 낳으면 삼칠일이라고 해서 집에 출입을 삼가는 풍습이 있습니다.

제가 알고 있는 게 맞는지는 모르겠습니다만..

삼칠일에는 경사스러운 일에 안 좋은 일이 끼어드는 걸 막는다는 의미도 있었을것 같아요.

호사다마... 뭐 이런 얘기입니다.

오늘이 제 올림글의 해시태그(#) 뒤에 숫자가 21입니다...

즉, 여러분들 앞에 조심스럽게 내비쳤던 심통을 이제는 시원스럽게 내어보여도 된다고 생각이 들었습니다.

오늘의 주제가 변화인 이유가 여기에 있습니다...

그동안 제 이야기에 조금의 감동과 공감은 있으셨을 것입니다...

하지만...

꿈같은 이야기에 현실성은 결여된다 생각들 하셨을 것입니다...

전 이제부터 변화된 모습으로 여러분께 구체적이고 이해가 쉽도록 올림글을 올릴 겁니다.

전... 심통돔으로 돈을 벌기 위해 특허 내려고 하는 것이 아닙니다.

누군가 저보다 추진력 있게 할 수 있는 개인이나 단체가 나선다면 기꺼이 제 생각을 알려주고 동참할 것입니다.

이런 생각은 처음부터 깔린 복안이었습니다..

그랬기에 여러분은 될까? 하시는 걸 전 된다고 했던 것이고요...

월요일에 방형진 회원님과 미팅하고 싶습니다...

아직 전화는 안 드렸지만... 다음주 주말께에는 김현수 회원님도 만나뵐 예정입니다...

전 지금 회사에 5월 말 퇴사를 희망하였습니다...

사유는 심통 nations 출발을 위한 준비를 위해섭니다...

내일 또 찾아뵙겠습니다. 꾸벅.

☐ 댓글

김도영: 오늘은 일찍 올리셨네요. ^^

이종권: 넹~. 내일부터는 흥미진진할 예정인데, 태균 맘에게도 정주행 권해
주세요... 흐흐

강민주: 맘이 짠합니다.

김도영: 강민주 형수님, 고생 많죠?

이종권: 내일의 주제는 환승입니다. 내일 뵈어요~.

형진: 헛! 내일 뵙겠습니다.

이종권: 넹. 밥 사줄 테니 점심 조금 먹고 밥집 수배도 해주세요. 흐

형진: 네 형님. 길음역 7번 출구 나오셔서 쭉 오시면 길음시장인데요. 거기
싸고 맛있는 게 많이 있습니다. 내일 연락 드릴게요.

이종권: 넹.

#22 환승(2017. 4. 10.)

다들 저 정도는 하시겠지만...

전 환승의 달인입니다...

전에 다니던 소방회사가 있던 태릉에서 광진소방서를 갔다 올 때 교통비로 1,550원으로 갔다 온 적이 있거든요...

안녕하세요. 회원님들...꾸뻑...

오늘의 주제는 환승입니다...

대중교통을 이용하다 보면 꼭 챙겨야 하는 규칙이 환승 시간, 환승방법입니다...

꼭 내릴 때 찍어 주어야 하고, 낮 시간에는 30분 안에 저녁 9시 이후엔 한 시간 안에 환승 해주어야 하고, 내릴 때 꼭 찍어줘야 하고, 지하철 다음에는 꼭 버스를 타 줘야 하는 것이 환승규칙입니다.

그럼 이렇게 장황하고 계속 신경 써줘야 하는 환승을 하는 이유는 뭘까요?

아시겠지요? 쉬운데... ㅎ.ㅎ

맞습니다. 절약하기 위해서입니다...

결국 돈을 아끼기 위해서라는거지요...

그럼 버스를 우리 인생으로 바꿔 조금 확장해 보겠습니다...

인생에서 지출되는 교통비 개념이 뭘까요.?

많겠지만 통칭해서 소비라 불러볼게요….

기왕 써야 할 소비라면 아껴쓰는 게 좋지 않을까요?

그리고 꼭 써야 할 소비라면 나중에 쓸 수 있게 마일리지 등을 적립해주는 데 다 쓰는 게 낳지 않을까요?

정리하겠습니다...

전 지금부터 준비해서 '심통나라'라는 어플을 제작할 것입니다.

심통나라에는 지금 회원님들이 읽으시는 이 올림글을 포함한 여러 가지 콘텐츠를 만들 것이고, 심통나라 어플에서 사용할 이 모티콘을 도안해 판매할 것입니다.

기업의 광고도 유치할 생각인데요.

기존 어플들처럼 실수로 들어가 사용자의 짜증 유발성 배너가 아닌, 회원들이 광고를 보게 되면 실질적 이득을 보게 하는 사용자 선택시청형 광고를 계획하고 있구요.

무엇보다... 여지까지 전 '된다', 여러분은 '될까?' 하는 심통돔의 사이버 공간을 만들 생각입니다...
맨날 말로만 하다, 실제로(가상이지만^^) 비주얼을 보여드린다면...
그 어플 사실래요? 회원님들...
유료인데요.

오늘은 방형진 회원님 만나 설명하느라 올림글이 늦었습니다.
나중에 다 보시게 되겠지만...
정말 어휴! 속 터져 죽는 줄 알았습니다...
그래서 전 앞으로 방형진 회원님을 부를 때 이렇게 부르렵니다...
"아둔 선생님~. ㅋ" 꾸뻑!

□ 댓글

이종권: 다시 읽어보니 뭘 환승하라는 건지, 잘 모르겠네요... 그래서 부연 설명을 좀 드리겠습니다. 어플에서 사용하는 여러분의 소비, 행동, 커뮤니티활동 등 여러 경로로 심통 포인트를 적립해 드릴 것입니다. 바로 현재 여러분들의 사용하시는 소비를 심통으로 환승하시라는 주제였습니다.

김도영: 지각!

이종권: 내일은 기대하고 계실 상상극장 시간입니다. 꿈꿔 주세요.

김도영: 어플이 비싸면 안 사요!

이종권: 사게 될 걸요~. 크크

김도영: 어둠의 경로로, 불법 다운로드해야지요.

이종권: 헐~!

형진: 형님, 다음엔 저희 동네 오세요. 즐거웠습니다. 흐흐~

이종권: 4월 19일입니다. 애초에 이 글을 쓸 때 어플 운영회사로 출발할 계획이었는데요... 준비도 안 되고 공부도 해야겠기에 계획을 약간 수정했습니다. 수정된 계획은 #31에 있습니다. 정주행 중이시면 넘어가지 마시고 쭈우욱 가세요. 흐흐

💡 심통클럽 tip

상상극장 어디 있어요?

　상상극장은 정말 정말 좋은 세상을 꿈꾸는 작가의 행복한 상상으로부
터 시작하였습니다.

　역으로 말하자면... 너무도 아프고... 안타깝고...

　눈물겹던 바람을 상상 속에서라도 먼저 가 봤으면 하는 마음으로 쓰기
시작했었는데....

　의외로 반응들이 좋아요....

　화요일만 기다리시는 회원님들이 많습니다. ^^

　상상극장 어디 있냐고요?

　바로... 제 꿈... 여러분의 꿈속에 있습니다.

제8장

상상극장, 늦둥이

#23 [화요일-상상극장 2] 늦둥이(2017. 4. 11.)

오늘 저희 장모님 퇴원시켜 드려야 하는 사유와 준비 좀 한다고 다른 날과는 달리 장편이 되어 버린 탓에 상상극장 시간을 일찍 엽니다. 행복한 시간 되세요. 꾸뻑~. ^^

제 소개를 먼저 할까요?

전 '건'동 4010호에 살고 있고요, 이름은
이종선이라고 합니다.

이제는 특히 여기서는 완전 연예인 대접받는 상청 이종권 씨가 제 작은오빠입니다.

피부관리 안 하고 염색도 안 해 울 엄마랑 큰오빠, 작은오빠가 같이 있으면 삼남매 같아요.

저런 사람에게 연예인 대접이라니? 웃음이 절로 나네요... ㅎ,ㅎ

전 제 형제 중 가장 늦게 심통돔에 왔어요.

이야기를 하자니 옛 생각이 나네요...

작은오빠가 이것저것 시켜 투덜대던 남지의 말을 듣고는 별 관심 없이 봤는데 솔직히 이 오빠가 일을 너무 쉽게 생각 하는구나 싶었어요.

그때 당시에 오빠가 나한테 돈 맡겨 놓은 사람처럼 매달 돈 빌리고... 월급타면 갚곤 해서 신임이 되진 않았어요.

뭐, 직접 대고 하는 말이 아니니... 돌려 말하지 않을게요...

'아이쿠! 이 오빠가 옛날 *** 할 때처럼 또 꿈꾸나? 지금은 엄마도 있는데...' 라는 걱정을 했던 게 사실이었거든요...

암튼, 며칠 지나 언니에게 물으니 조용하다고 해 잘 안 되나 보다 했어요...

직접 물어보기도 뭐하고, 내 일도 바빠서 잊고 있었죠.

그렇게 2주 정도 지났나?

언니에게 전화해서 물으니... 회사에 날짜 정해 퇴사하겠다고 말하고 대출금 갚으려고 가지고 있던 예금 털어 사업준비 한다는 말을 들었어요.

덜컥 걱정이 앞서 언니에게 물으니 대답이 전과 달라 이상했어요.

몇 마디 더하다... 전화 끊고 생각해보니 예전에도 작은오빠 말에 언니가 동조는 많이 해줬다 생각하고 의문을 풀었죠...

그런데 얼마 뒤 헐~! 소리가 날 만한 소식을 들었어요.

오빠가 서울에 있는 △△대학의 창업프로그램에 신청했는데, 돼서 사업을 시작한다고 하더라구요...

저와 남편은 저녁 먹으며 많이 궁금했어요.

그렇게 허무맹랑한... 아니, 커도 너무 큰 10만 평 건물을, 사업도 첨 하는 사람이 할 수 있나? 지원해준 대학은 뭐야? 궁금증이 머리를 떠나지 않고, 언니도 확실히 오빠 편이 된 건지? 제대로 말해주지 않더라구요...

근데 그게 저랑 남편한테 밀당한 거더라구요.

아~나~ 어이없어...

뭐... 그다음에 여차저차 사정이야 여기 계신 여러분들과 크게 다르진 않구요...

암튼... 저나 제 남편은 선입견을 버리기가 쉽진 않았어요.

시골에, 그것도 삼시 세끼를 이웃들이랑 같이 공유해야 한다니. 거기 가서 뭘 하고, 일단 간섭받기도 싫어 두고 보자고 남편과 합의했지요...

그 뒤로 몇 번 이야기를 했고 노후를 준비해야 한다는 말에 좀 흔들리기는 했지만, 그래도 우리는 안 하겠다고 했더니 오빠가 의미심장한 표정을 지으며 더는 말 안 하더라구요. 나중에 들었는데, 그때 오빠는 이끌지 않고 따라오게끔 하려고 했다더군요...

<u>흐흐</u>

말이 길었죠? 제가 말이 많은 편이 아니었는데... 여기 심통돔 와서 바뀌었어요... 우리 이웃집이 좀 말들이 많거든요, 그리고 돔 자체에 쇼핑몰, 테마파크가 있어 시골인데도, 서울처럼 사람이 많이 와요...

암튼, 조용히 사는 건 포기해야 해요... ^^

저는 5년 전에 형제들 중 마지막으로 여기 왔구요, 돔 앞에 있는 보건소에서 간호사로 일하다 완전 늦둥이 딸 아이 낳아 출산 휴가, 육아휴직, 다 찾아 쓰고 현재 무급휴직 중이에요...

예? 그럼 잘린 거 아니냐고요? ^^

잘리면 어때요? 어차피 여기 살면 저처럼 일하다 일 못 하는 아이 엄마는 재단에서 식대 면제해주니 걱정 없어요... 흐흐

네? 애기 아빠는 뭐하냐구요?

넓으심 공연단 음악 감독인데요. 가끔 내려다보면 웃통 벗고 짐 나르더라구요. 감독인지? 짐꾼인지...? 흐흐. 잘모르겠어요.

근데 공연단 식구들이 다들 고생하던 어려운 예술인들이라 그런가? 열정들은 대단해요... 흐흐

네? 아이가 하나냐고요?

네! 맞아요, 하라 하나예요... 임하라. 흐흐

네...? 나이가 몇이냐고요? 뭘 그런 걸 물어요?

지금 마흔여덟이구요, 하라는 28개월이에요... 뭘 그렇게 놀라요... 흐흐

네? 늦둥이 낳게 된 계기요? 음~, 4년 전인가? 먼저 들어온 언니, 오빠가 친척 초대행사로 우리 부부를 불러줬어요...

그래서 와서 기차, 라쿠칼라차 타고 들어오는데, 돔이 가까워 오는데... 앞에 벽에 인공폭포를 향해 가더라구요... 벽을 향해 달려가는 기차가 속도를 줄이지 않더라구요... 많이 놀랐죠, 제가...

근데 기차가 벽에 다을 무렵... 거짓말처럼 떨어지는 물이 갈라져 터널이 되는 거 있죠? 아직도 그때를 생각하면... 어휴! ^^

암튼 기차가 터널을 지나 돔 안으로 들어서는데... 그 바로 옆에서 아이들이 쏟아지는 폭포를 맞아 화들짝 소리치고 난리도 아니었어요...

나중에 보니 그 녀석들 기차 출발 기적 소리 나면 거기서 대기하고 있더라구요. 크크

그 이후 몇 번을 망설이던 제게 오빠가 한 편의 시인지? 뭔지 모를 글을 보내왔어요...

그때 생각했죠!

사람은 누구나 행복한 마지막을 누릴 권리가 있구나 하구요.

나도 권리가 있는데... 너무 포기해 왔었네... 하는 생각이요.

그래서 왔고... 욕심 내봤어요...

〈상상극장, 늦둥이〉 끝

이상입니다.

아직 아이가 없는 여동생에게 맞아 죽을 각오로 썼습니다. 맞아 죽을때 죽더라도 그깟 돈 때문에... 부모가 되는 게 얼마나 큰 행복을 선물 받은 건지 말하지 못했던 못난 오빠였음을 생각하며 쓴 글입니다...

절 죽이시려면 우리 동생에게 초대 보내세요.

죽을 때 죽더라도 다음 상상놀이 써놓고 죽겠습니다...

다음 주 화요일에 뵈어요. 꾸뻑. ^^

🗨 댓글

형진: 와~! 글이 깁니다. 헥헥. 겨우 다 읽었네요. 좋은 글입니다.

이종권: 크~. 쓴 사람도 있습니다.

김도영: 동생 전화번호 주세요!

이종권: 헐, 날... 크크

이종권: 자수할 겁니다. 광명 찾아야지요. 흐흐 동생에게 초대장 날립니다.
　　　　행운을 빌어주세요. ^^

이종권: 동생이 아직 초대장을 안 본 듯합니다. 크크

💡 심통클럽 tip

자력재단???

자력재단이란 자신의 힘이란 뜻의 자력과 재단법인에서 재단의 합성어입니다.

심통은 우리 스스로 우리의 문제를 해결할 방법을 찾고자 하는 마음에서 발전되어 왔습니다.

또한, 아직은 몇몇 회원이지만... 몇만 우리 회원이 되는 날이면....

우리는 스스로 지켜내고... 길러내고... 가꿔 전할 것입니다.

우리는 이데올로기를 말하려는 것이 아닙니다.

정말로 살기 좋은 곳을 지키고 싶을 뿐입니다.

폐 끼치고 싶지 않아요...

우리가 할 거예요. ^^

제9장

구체화, 자력재단 심통

#24 [구체화 1] 자력재단 심통(2017. 4. 12.)

안녕하세요? 회원님들. 꾸뻑!

오늘은 날씨가 무척 좋습니다.

장모님 모시고 쌍문동 한일병원 갔다 왔는
데요...

개천가에 벚꽃이 아주 장관이었습니다.

특히 개천을 따라 핀 꽃길... 음...

이제 우리 앞길도 꽃길을 만들어야겠기에.

구체적 설명을 시작합니다...

빨리 말씀드리고 싶어서 시간 당겨 연재합니다.

시작하겠습니다.

구체화 l. 자력재단 심통

심통돔 조성을 위해 해야 할 일 중 첫 번째 할 일은 '자력재단 심통'을 구성하는 것입니다.

자력재단이라 칭한 것은 도움이 필요한 우리들의 문제를 우리의 힘으로 해결하기 위함입니다...

우리들의 문제를 요약해 보겠습니다.

1. 장애아이가 있다.

2. 노후준비가 부족하다.

3. 평생직장이 없다.

많이 있겠지만 이 정도로 요약하겠습니다.

심통돔은 위에 열거한 문제들을 해결할 수 있습니다.

큰 울타리이므로 아이가 갇혀 있는지 모르는 상태로 수용되고 있으니, 통로만 지키면 마음껏 살아갈 수 있을 것입니다.

또한, 부모가 덜음이가 되어 아이와 같이 일을 할 수도 있습니다.

물론 적은 돈이지만 월급도 받고 세금도 내게 될 것입니다.

또한, 처음 입주 시 구매한 집을 늙어 들어갈 감싸심 보증금과 1:1로 교환하게 하고, 생활비는 그동안 쌓아놓은 심통 포인트로 쓰게 됩니다.

심통돔의 인구가 3,000명이라 가정할 때 취업 가능한 인구를 전 80%로 봅니다.

전 월급을 하향 평준화하여 그 80%가 전부 일하도록 할 것입니다.

물론, 본인이 희망은퇴할 때까지 일하시게 할 것입니다.

그렇게 된다면 해결할 수 있습니다.

우리가 '자력재단 심통'을 출범시키기 위해 할 일을 말씀드리겠습니다.

1. 내 주변에 앞서 말한 문제가 있는 사람(가정)을 세 사람을 찾는다.

2. 그 사람들에게 심통클럽 밴드 초대문자를 보낸다.

3. 정주행한다(1주일에 1회 이상 권장).

한 사람이 본인 포함 4명씩으로 늘어난다면 1천 명 채우는 데 오래 걸릴까요?

언뜻 듣기에 피라미드하고 비슷하게 생각하시는 회원님들이 계실 것 같아 말씀 드립니다.

제가 말하는 초대받은 3명이 초대한 사람 밑으로 들어가는 조직이라면 피라미드가 맞습니다.

하지만, 우리는 초대한 사람 옆에 초대받은 사람이 같이 서고, 손을 잡고, 나중에는 옆집에 사는 구조입니다.

그 4명들이 계속 많아지고 서로 연결된다면 아주 큰 원이 되겠지요...

우리는 아주 큰 원을 만들어낼 것입니다.

그 원에 이름표를 붙입니다.

"자력재단 심통"

잘 읽어보셨나요?

회원님들... 글쓰기 권한은 제게만 있지만 회원 초대는 여러분도 할 수 있어요...

아둔, 방형진 선생님. 아시겠어요...?

댓글

강민주: 빨리 그날이 왔으면 좋겠습니다.

김도영: 저도 그날이 기다려집니다.

이종권: 금방 옵니다. 같은 꿈을 꾸는 사람들이 늘어날 겁니다. ^^

형진: 아덴~~ 방형진입니다. 글이 또 기네요.

이종권: 아둔 선생님, 어서 오세요. 크크

형진: 똑땅해~~

이종권: 아둔 선생... 사모님한테 초대 날리삼.

형진: 와이프는 데이터요금제가 아니라서 카톡도 잘 못하긴 해요.

#25 명견만리(2017. 4. 13.)

안녕하세요? 회원님들.

어제 구체화 1 이후에 신규 회원님들이 들어오셨습니다. 환영합니다.

오늘 주제는 명견만리입니다.

좀 늦은 시간에 TV에서 방송하는 강연 프로그램입니다. 저도 혼술할 때 가끔 보는데요.

며칠 전 인구절벽에 다다른 대한민국의 현실에 대해 강연하더라구요...

그걸 보면 스웨덴 등 복지 선진국의 해결법에 관해 이야기하던데요...

제가 그걸 보면서 뭐라고 했을까요?

그동안 저랑 같은 공감대가 있으신 회원님들시니 어느 정도 감 잡으시겠죠? ^^

맞습니다...

저 나라에서는 현재 다니던 직장과 사회적 타협으로 하여 근로 시간을 줄여 구성원들의 삶의 질을 높인 것인데, 왜? 나처럼 직장을 집으로 가져가는 건 생각 안 해봤을까?

　정말 없을까요?

　전 세계 인구가 지금 70억이라는데 정말 한 사람도 그런 생각 해본 적이 없을까요?

　아마도 아닐 거라 생각합니다.

　누군가는 저 같은 생각을 했을 텐데...

　그 사람들은 왜? 안 했을까요?

　전 힘들어서 금세 생각을 바꿨으리라 생각합니다.

　말 꺼내기 무섭게 "니가 그걸 어떻게 해?" 또는 "헛심 쓰지 마. 너보다 잘난 사람들은 왜 그걸 못 하겠니?"라는 핀잔을 듣기 바빴을 겁니다.

　저도. 제게 직접 말하시지는 않지만, 제 주변도 별반 다르지 않은 것 같습니다...

　하지만, 저는 포기 할 수 없습니다.

　제겐 이유가 있고, 조금씩 이나마 절 바라봐 주시는 회원님들이 있기 때문입니다...

감사합니다... 회원님들. 꾸뻑!

오늘의 주제는 여기서 마치고요.

내일은 구체화 2를 준비하겠습니다...

PS. 상상극장 늦둥이 편에 제가 썼다던 글도 올려 봅니다.

아들에게

常 淸

언젠가 내가 눈을 감을 때...
내려다보는 너의 눈에 눈물이 없길. 바라진 않을께...

다만, 입가에 조그맣게라도 말해 주었으면 해...

그동안 수고에 감사했다는 말 한마디 해줄 수 있다면...
난 모든 것 놓고 갈게...

언젠가 더운 날 니 옆을 스치는 바람이 시원하다 느껴지면 그게
나라고 생각해줘...

니가 진짜로 뭔가 필요할 때...
그걸 주는 이가 나타나면 그게 나라고 생각해줘...

난 네가 나 없이 슬퍼하는 것보다...
그리고 나보다 더 잘 살아줬으면 해...

넌 내가 살아있는 지금에 힘을 줬으니...

지금 가는 내가 너보다 더 행복했다...

그러니 날 보낼 땐...

그냥 보내줘...

사랑했다...

2017. 4. 10. 새벽

댓글

형진: 슬픕니다.

이종권: 왜? 아쉬울 것 없으니 편히 갈 수 있다는 의미인데요. 크크

형진: 그렇군요~.

이종권: 전 심통돔이 완성된 생각 속에서만 살고 있답니다... 흐흐

이종권: 제가 상상극장에 썼던 행복한 마무리의 의미 전 꼭 갈 거니까. 주변에 데려가고 싶은 분들 빨리들 부르셔요. 흐흐 뭐, 조금 있으면 실체를 보일 테니까요. 흐흐 그리고, 내일은 돔의 구조를 말로 설명해 드릴 생각입니다. 벌써부터 힘드네요... 쓸 게 너무 많을 듯. 크크

이종권: 다들 아시겠지만, 배경화면의 한자는 마음심에 밝을 통입니다. 마음이 밝아진다, 걱정이 없어진다... 아시겠지요^^

김도영: 맘 편하게 갈수 있다면, 좋겠는데. 미련이 남아서...

이종권: 내 경지가 되면 저절로... 흐흐

강민주: 글이 넘 슬픕니다. 이런 글 읽으면 기분이 안 좋습니다. 올리지 마세요.

이종권: 헐~. 걱정 마세요. 귀원 맘보다는 오래 살 거예요. 흐흐 생각해 봐요. 걱정이 없는데. 오래 살 거예요...

강민주: 최고예요.

제10장

구체화, 구조

#26 [구체화 2] 심통돔의 구조(2017. 4. 14.)

휴! 벌써부터 걱정됩니다.

오늘의 올림글...

보시고 나면... 다물어 지지

않으실 회원님들 생각에.

걱정스럽습니다...

어제 TV토론 하던데... 보셨어요?

회원님들, 각각 개인이 지지하시는 분들이 있으시리라 생각합니다.

지금 시기가 시기인 만큼 저도 관심 있게 보려 했는데, 1부만 보고 자 버렸네요.

'정치 얘기를 왜?'라고 생각되시지요?

암튼, 정확히 알아보려는 노력이 필요하다는 뜻에서 정치 이야기를 잠깐 했습니다.

추후에 제가 생각하는 정치에 대한 우리 심통돔의 입장을 어떻게 했으면 한다는 올림글을 올릴 예정이라 정치 이야기는 그만하겠습니다. 실은 잘 알지도 못하구요.

그렇지만 한 가지만 이야기하고 넘어가겠습니다..

어느 후보든 서민이 살기 좋게 하겠다는 취지의 공약을 한 걸로 알고 있습니다... 전 자신 있게 말씀드리겠습니다.

지금부터 말씀드릴 심통돔의 스케일... 비용... 기타 등등에 대해 여러분들은 지금 생각하지 말아 주십시요.

그래 주신다면, 제 머릿속을 탈탈 털어 넣어 확실한 실행계획을 내일 모래…. #28에서 여러분 앞에 보여드릴 생각입니다. 그러니 놀라우면 놀라운 대로... 즐겨만 주시길 바랍니다.

자! 시작합니다.

구체화 2. 심통돔의 구조

심통돔은 저 혼자 구상한 것으로 초기모델에서 많은 변화가 있습니다.

건축물의 양식은 철근콘크리트 구조로 건물 지붕은 평지붕 형태로 지을 것입니다.

애초에 지붕도 덮을 생각이었는데, 답답하기도 하겠거니와 폭설 등에 의한 위험 때문에 생각을 바꿨습니다.

암튼 일단 원형의 공간이구요.

전체 면적은 10만 평이고요, 전체 원형의 직경이 660m입니다.

10만 평은 여러분도 잘 아시는 롯데월드의 대지면적의 3배가 조금 안 됩니다.

일단 10만 평의 땅 위에 테두리로 원의 바깥경계로부터 30m씩 안으로 들어가는 면적의 땅을 파 그 위에 지하 1층 지상 4층의 건물을 4개 동 지을 생각입니다.

그렇게 되면 건물이 차지하는 면적은 약 1만5천 평이 되고, 나대지는 8만5천 평 정도 됩니다.

나대지 활용은 차후에 말씀드리고 일단 건물이 땅을 둘러싸는 위에서 보면 도넛 같은 형태가 되지요...

전 그 도넛을 4분하여 동서남북으로 통로를 낼 것입니다.

물론, 남문을 제외하고는 통행이 불가능하게 하고, 동서북 통로에는 철길을 놓아 디자인할 것입니다.

기본인 울타리 개념으로 이해해 주시면 됩니다.

통로 때문에 건물들이 북서, 북동, 남서, 남동으로 4개 동이 들어서게 되고, 전 각동을 각각 '건', '곤', '감', '리'동이라 명명할 것입니다.

눈치채셨겠지만, 중앙에 풍차 이름이 태극 풍차인 이유가 여기 있습니다.

전 우리의 심통돔을 단지 문제 있는 사람들끼리 모여 사는 공간으로 생각하지 않았습니다.

물론, 재단운영을 위한 재원마련의 차원에서 출발한 돔 내부 테마파크였지만, 전 세계에서 유래를 찾기 힘든 기업, 나라의 도움 없이 유지해갈 우리의 터전을 만들고 전달해주고 싶었습니다.

그런 의도에서 심통돔이 언론에 소개될 때 보여줄 비주얼 중 하나로 하늘에서 바라보니 태극기가 보이는 건물을 만들고 싶었습니다.

각 동의 옥상에 비치될 태양전지판을 태극기의 4괘에 맞게 비치하면 그렇게 보일 것입니다.

건물 내부는 3, 4층에는 20평 정도의 주거공간 각층 100호씩 총 800호를 배치할 것이고요. 2층은 쇼핑몰, 전문식당가, 신기루 영화관 등을 기획 중입니다.

2층은 각 동간에 연결하여 어디서든 각 동간 이동이 가능하게 끔 할 것입니다.

1층은 남쪽을 향한 감, 리 동에 200실 정도의 실버타운 감싸 심을 배치하고 건, 곤동 1층에는 렌터카 공간 및 주차장을 배치 할 것입니다.

지하층은 동마다 우리 심통돔 전 식구들이 사용할 공동식당과 대피공간으로 할 것입니다.

이상입니다. 말씀드린대로...

실행계획에 대해서는 내일 모레 올라오니...

오늘 밤에 주무실 땐... 심통돔에서 사는 꿈 한번 제대로 꿔 보 시길 바랍니다.

전 깨어있을 때 항상 꿔서 그런가... 한번도 못 꿔 봤어요. ㅠ.ㅠ

📱 댓글

형진: 좋은 심통입니다~~.

이종권: 오늘 저녁에 행복한 꿈 꾸면 댓글 달아주셔...

이종권: 제 핸폰 배경 바꿨어요, 심통으로. 신청하시면 보내드려요~.

강민주: 좋아요~, 굿!

김도영: 저는 됐어요.

이종권: 됐다는 게 핸폰 배경 말인 거죠?? 흐흐

이종권: 내일의 주제는 비교 불가입니다. 회원님들 모두 편안한 저녁 되시길
        바랍니다.

형진: 모두 편안한 밤 되세요~.

#27 비교 불가(2017. 4. 15.)

소방시설관리사...

요즘에는 이 직업을 잘 알고 계시는 분들이 많아졌어요.

그래도 혹시 모르시는 회원님이 계실 수도 있으니 잠깐만 소개하고 오늘의 주제를 말씀드리겠습니다.

작은 단독주택을 제외하고 소방시설이 있는 건물을 원래는 소방관들이 점검해야 하지만 할 수 없으니, 민간에게 점검하게 하고 보고하게끔 법으로 정해져 있습니다.

그 점검을 할 수 있는 자격을 가진 사람을 소방시설관리사라고 합니다.

전 회원님들이 아시는 바와 같이 여의도 트윈타워에서 소방 파트에 근무를 하고 있습니다.

30대 중반부터 약 10년 정도 소방 일을 하고 있지요.

그리고 좀 전에 말씀드린 소방시설관리사 시험을 수차례 봐 왔지요.

근데 그 시험이 만만치 않아 아직도 못 따고 있습니다. 지금은 1년에 한 번씩 시험을 보는데 대략 만 명 정도가 시험 봐서 200

명 정도 합격자가 나오는 시험이지요.

암튼, 무지 어렵습니다...

작년에 이맘 때쯤 저는 이 시험 준비로 한창 공부 중이었고, 틈만 나면 조그만 암기장을 들여다보곤 했습니다.

실력은 딸리지만, 그거라도 따 놔야 가정을 지키고 노후도 생각해 볼 수 있으니 열심히는 했지요...

그때는 관리사 따서 회사 차려 일은 나 혼자 하더라도 귀원 엄마 채용해 유지하다가 귀원이 크면 또 채용하고 하려면 그 길밖에 없으니 열심히 했지요...

즉, 귀원이가 혼자 어디 취업할 길이 없으니 내가 자리를 만들어 주어야 한다는 생각에 다른 모든 것은 관리사 공부와 비교될 수 없는 것들이었다는 말씀입니다.

일 년이 지난 지금도 상황은 그대로, 아니 더 많이 나빠졌지만.

이젠 그렇게 목숨 걸다시피 매달리던 공부를 안 하고 있습니다.

왜냐?

바로 심통돔 때문이지요.

올해 초였을 것입니다.

태균 아빠인 김도영 회원님이 창동역 식당에서 만나는 자리에서 이젠 아이들 위해서 뭔가 해야 하지 않냐고 하며 뭔가 생각한 듯한 말을 꺼낸 적이 있습니다.

그날 이후 얼마간의 시간이 흘러서부터 전 심통클럽 올림글을 쭈욱 써 오고 있습니다.

현재의 제게 심통돔과 관리사 공부 중 어떤 게 실현 가능성이 크겠냐고 물어오는 누군가가 있다면 전 이렇게 말할 것입니다.

앞의 질문은 서로 비교될 수 없는 것이라고요.

자세히 설명할 것도 없이...

절 바꾸고, 제 가정을 바꾸고, 아이에 대한 생각을 바꿔준 심통돔에는 비교 대상이 없다고 말할 것입니다.

현재는 구상 중일 뿐인데도 말이지요.

김도영 회원님, 앞서 말한 창동역 식당에서 뭔가 생각해 오셨던 방안 있으셨던거 같던데...

그거랑... 심통돔이랑 비교되나요?

힘들면 대답 안 하셔도 됩니다.

내일은 실행계획을 올릴 예정입니다.

늦게 올려 죄송합니다. 퇴근해서 자다 일어나서 글쓰기가 생각보다 많이 어렵네요. 말도 꼬이고... 꾸뻑!

🗨 댓글

김도영: 제 것이 현실적인 거 같아요. 작고 사소한 생각이지만...

이종권: 다음 정모 때 알려주세요. 작고 사소하다는 생각은 아닐 거라 생각
합니다. 회원님의 아들 사랑 모르는 사람 없으니까요. ^^

강민주: 소방시설관리사... 아쉽당.

형진: 형님, 많이 고단하시겠어요... 건강히 진행하시길 기원합니다. 저는 식
중독 걸려서 그저께 12시간 잔 듯하네요.

이종권: 헐~.

강민주: 가입하신 모든 분들 감사하고 환영합니다.

제11장

구체화, 실행계획 plan A

#28 [구체화 3] 실행계획 plan A(2017. 4. 16.)

너의~ 목소리가~ 들려~~ 너의 목소리가 들려~~

ㅎㅎ 맞습니다...

노래하고 있습니다...

왜냐? 이제부터 여러 회원님께 저 멀리서 혼자 된다고 떠들던 제 목소리가 조금은 가깝게 들릴 거란 뜻에서 노래 한번 불러 봤습니다...

오늘따라 유난히 기다리셨죠? 기다리신 분... 손 들어 주세요.

저도 약간 상기된 기분이라, 이해 좀 해주세요.

그럼 시작합니다.

구체화 3. 실행계획 plan A

1. 심통나라(어플), 부모회 PT를 통하여 예비 입주자 800가구
   를 모집한다.

2. 예비 입주자에게 심통돔 완공 시 입주하겠다는 재단과 입주
   자(이하 회원이라 한다.) 간의 약정서를 작성하고 약정금 100
   만 원을 납부하게 한다.

3. 약정금 8억(800가구*100만 원)으로 자력재단 심통을 재단법
   인으로 법인 등록하고 법인 통장에 예치한다.

4. 입주 약정서 800장을 가지고 대상 토지 매입을 위한 지자체
   와 협의를 진행함.

   가. 지자체 상황설명: 현재 지자체들은 전시성 행정의 결과로 손님
       이 없는 테마파크가 많이 있음. 또한, 인구수 감소에 골머리를
       앓고 있음.

   나. 우리 심통돔을 유치할 경우 최소 2,400명(3인*800가구)의 인구
       수 증가와 지역경제 활성화를 이룰 수 있는 장점이 있음.

5. 지자체와 협의 사항

　가. 대상 토지와 계약에 있어 최장 20년(20회) 분할 납부의 조건
　　수용

　나. 장애인, 다둥이, 다문화가정 등 우리의 조건에 적법한 지원의
　　지속 의지 확인

　다. 심통돔의 브랜드 사용에 관한 사용료 지불 약속

6. 토지 확보 후 건축과 관련하여 기업의 공익재단 지원을 모색
　한다.

　가. 기업의 지원금은 토지와 같은 방법으로 브랜드 사용의 혜택으로
　　갈음하고 차후 운영에 개입하지 않는 조건을 수용케 한다.

　나. 공익재단의 출연금으로 공사업체를 선정하여 공사를 개시한다.

　다. 공익재단의 모기업의 제품을 심통돔에 도입, 구매하여 기업에
　　서 우리의 새로운 시도가 상생의 프랜즈쉽 임을 확인케 함.

7. 완공 시 이미 약정서를 제출한 회원이 잔금 9,900만 원을
　납부하여 심통돔에 입주한다.

8. 모아진 잔금 792억(9,900만 원*800가구)으로 공사 잔금 및
　토지대 1차 중도금을 지급하고 잔액은 법인통장에 예치한다.

이상입니다...

어떤가요? 조금은 가깝게 들리시나요?

진지하게 말씀드리겠습니다.

제 계획이 완벽하다고... 또한, 제 생각 대로만 진행될 것이다라고 말씀드리진 않겠습니다. 하지만 전 우리의 심통돔이 무엇보다 소중하기에 지금의 회원님들, 그리고 앞으로 소개를 통해 가입하실 우리의 동료 회원님들의 의견에 항상 귀기울 것입니다...

지금까진 제가 이끌어 왔지만...

이 글까지 읽으신 회원님이라면...

자력재단 심통을 위해 같이 일해 주시리라 믿습니다.

같이 꿈꿀 수 있는 기회를 주신 회원님들께 깊은 감사의 마음을 올려 드리며 오늘의 올림글을 마칩니다.

PS. 참고로 브랜드 사용료란 상상극장- 넓으심에서 노출했던 '심통?? dome'을 말하는데요...

예로, 제가 생각했던 심통 상주 LG dome을 말합니다.

즉, 우리 심통돔이 유명해질 것이니 지자체나 기업에서 브랜드에 이름 넣어줄 테니 지원해라 이런 뜻입니다...

꾸뻑!

🔲 댓글

강민주: 잘 되면 좋겠습니다. 대박입니다.

이종권: 손 안 다시나요? 흐흐. 안 들리시나... 크크

형진: 저 기다렸습니다~. 손.

형진: 미스타 손.

이종권: 아둔 쌤. 일단 와이파이 되는 데서 사모님 가입시키삼. 크크

형진: 와이프가 인터넷과 밴드생활을 잘 몰라서. ㅠㅠ 제가 알려줘 볼게요~.

이종권: 일단 회원 수 때문에 그러는 거구요, 제수씨한테는 다현이 보러 가서 직강 해줄게요... 흐~

형진: 빨리 좀 와 주세요.

이종권: 넹~.

김도영: 저도 손!!

이종권: 완벽한 계획은 아닐지라도 남다른 계획은 맞는 거 같지요?흐 오늘의 주제는 캐스팅보트입니다. 이따 뵐게요.

#29 캐스팅보트(2017. 4. 17.)

오늘의 주제를 사전에서 찾아봤습니다.

캐스팅보트– 국회에서 입법 시 찬성과 반대
의견이 동수일 때 국회의장이 실시할 수 있는
의결권을 말한다고 하더군요.

요즘에 나름 공부 많이 되네요... 흐흐

제 생각은 캐스팅, 즉 영화 등에 배우를 출연시키는 것이었는
데... 무식이 탄로 났네요....

암튼... 제 아들 이야기를 좀 하겠습니다.

제 아들은 아시다시피 발달 장애가 있습니다.

근데 신체적 장애가 아니고 관계 형성을 하는 기능이 보통 아
이들보다 발달되지 못 해 있지요.

우리 귀원이는 어린이집을 많이 옮겨 다녔습니다.

이유는 다른 친구들을 때리거나 꼬집거나 밀쳐서 다른 아이가
다칠 수도 있다는 이유 때문이었지요.

저희는 '순한 성격의 아이가 왜? 그럴까? 말하는 사람이 유별난

거 아닌가?' 했지요. 그래서 몇 군데 어린이집도 옮겨 다니고... 모두가 힘든 시간을 보냈습니다. 그러다 귀원이 검사를 위해 서울대병원 갔을 때 검사 하던 선생님께 들었던 이야기가 전 많이 아팠답니다.

무슨 이야기이냐면요...

귀원이가 아이들에게 때리는 등의 행동은 했을 거라는 이야기였어요. 귀원이처럼 발달 장애가 있는 경우에는 본인의 생각을 잘 전달하지 못하고 본인이 속상한 것을 잘 전달할 수 없으니 속으로 쌓고 있다가... 폭발한다는 말이었습니다.

그 말 들을 때 정말 많이 속상했습니다...

저... 어린 것이 얼마나 속상했을까...?

먹먹합니다...

흠... 글을 이어 가보겠습니다.

며칠 전이었어요...

안방에 있던 귀원이가 핸드폰만 본다고 할머니가 귀원 엄마한테 말을 했었나 봐요..

전 그날 야근이라 점심 먹으려고 기다리는데 귀원이가 찡얼대더라구요.

너무 받아주는 것도 안 되겠다 생각해 불렀습니다.

제가 부르면 더 울다, 씄고 오라 하고... 왜? 그러냐고 묻곤 합니다. 자주 있는 일입니다. 근데 그날도 이유를 물으니 뜬금없이 "아빠, 밴드 올리지 마. 그 사람들 만나지 마."

이러더라구요.

벙~ 쪘지요...

지금 지가 우는 이유는 분명히 할머니 잔소리가 듣기 싫어서일 텐데, 아무 관계도 없는 이유인 밴드를... 이처럼 귀원이는 자기의 주장과 자기 변호에 약한 아이입니다. 전에 봤던 마더라는 영화에서 원빈 씨가 교도소 안에서 엄마랑 면회하는 장면이 불쑥 떠올랐습니다.

불쌍해 보였어요.

그래서 귀원이에게 달래고 설명했어요.

지금 생각해보니 귀원이가 아직도 많이 속상해하는구나 싶고...

아직도 관계 형성에 장애가 있구나 싶더라구요.

자!

암튼 그날 제 무릎에 올라와 울던 아들을 위해 오늘의 주제가 캐스팅인 이유를 설명드리겠습니다.

전 심통돔을 무대로 귀원이가 주연인 장편 영화를 기획 중입니다...

헐~이라구요...?

놀라실 필요 없습니다. 제 이야기는 실제로 찍겠다는 이야기는 아니고요... 그만큼 귀원이가 주인공인 삶을 살도록 만들어 주겠다는 거지요.

그래서.... 캐스팅하려고 합니다.

귀원이 할머니, 고모 등등 가족들과 아빠 친구, 엄마 친구 등등 아주 많은 사람들을 말이죠... 그렇게 귀원이가 누구인지? 어떤지? 알고 있는 사람들이 많아지면... 좋겠습니다...

오늘 회사 일 관계로 연재가 좀 늦었습니다. 꾸뻑!

댓글

김도영: 음, 저는 캐스팅에서 빼주세요.

강민주: ㅠㅠ

이종권: 절대로 빼줄 수 없는 이유가 있는데, 말씀드릴까요? 우리 밴드 처음 이름에 태균이가 있어서 빼드릴 수가 없네요. 걍~ 쿨하게 같이 갑시다. 흐흐

형진: 집안일 하느라 지금 읽었습니다.

이종권: 오늘은 화요일입니다. 기다리시는 상상극장이 있는 시간입니다. 이따가 뵐게요...

제12장

상상극장, 영주의 꿈

#30 [화요일- 상상극장3] 영주의 꿈(2017. 4. 18.)

안녕하세요. 행복한 상상극장 시간이 돌아왔습니다. ^^

오늘은 비가 옵니다. 오늘은 저와 같이
근무하고 있는 천영주 님을 주인공으로 하
는 상상을 시작해 보겠습니다.

시작 해 볼까요?

오늘은 날씨가 무척 맑습니다.제 집을 출

발해 5분 정도 달려왔는데...벌써 목적지인 심통역에 다 왔네요...

　소박하게 지어진 단층 건물에 심통역이라는 현판이 보이고 입구에 있는 아이 크기의 심돌이와 통순이 모형 사이에 서 있는 팝업 피켓에는 "찾아주신 고객님, 먼저 인사해 주세요... 미숙하지만 최선의 감동으로 고객님과 행복해지는 심통 식구들이 되겠습니다."라고 쓰여있네요.

　차를 제 자리에 주차하고 손님들을 위한 테이블을 셋팅합니다.

　라쿠칼라차 첫차 시간이 한 시간 정도 남아서 조금 있으면 손님들이 몰려올 텐데, 오늘은 주말이라... 좀 더 많이 오실 것 같네요.

　전 심통역 앞 주차장에서 곱창 컵밥 푸드트럭을 운영하고 있는 천영주라고 합니다.

　오전 11:50분에 출발하는 라쿠칼라차를 타려고 손님들이 오시면 전 맥반석 불판 위에서 구워낸 곱창의 구수한 냄새로 손님들을 유혹합니다.

　잘 구워진 곱창을 소량의 밥에 얹고 아삭한 양배추를 넣고 비법의 양념장을 적당히 뿌려 손님 앞에 내놓습니다.

가족이 나들이 오셨는지? 젊은 부부가 예쁜 딸아이를 데리고 오셨네요. 컵밥 둘에 슬러시 하나를 주문받았습니다.

정성스레 주문된 음식을 준비하여 고객님께 서빙했습니다.
보통의 푸드트럭이라면 주인이 차 안을 벗어나지 않지만, 전 손님이 주문하시고 자리를 잡으시면 음식을 준비하여 고급 레스토랑처럼 웨이터복을 입은 저랑 같이 일하는 동생에게 전달해 줍니다.
동생은 반짝거리는 쟁반위에 컵밥 과 슬러시를 놓고 서빙을 합니다.

푸드트럭과 웨이터??
안 어울릴꺼... 같죠?
근데... 정말 좋아하십니다.
인위적이지 않은 좌석과 멋진 배경과 서비스에 값싼 컵밥은 최고의 요리는 아니더라도 만족도가 높은 편입니다.

잠깐... 생각에 잠겨 있는데...
식사를 마치신 손님이 만족스런 표정으로 우리 차의 조수석 쪽으로 가십니다.

조수석에는 저의 어머니가 카드체크기로 결재를 해주시네요..

우리 세 식구가 같이 이일을 시작한 지는 얼마 되지 않습니다.

원래 여기 오기 전에는 우리 가족은 각각 자기 일을 가지고 있었습니다.

가정 사정상 여러 가지로 같은 지역에 살면서도 왕래도 잘 안하곤 했었죠...

제가 여의도에서 일할 때 같이 근무하던 형이 퇴사하며 심통클럽의 초대 문자를 제게 보냈고, 그 이후로 고심에 고심을 거듭하다 나중에 저 혼자 들어오게 되었고... 좀 덜 벌면서도 맘 편히 살아보니 좋더라구요. 그래서 엄마랑 동생을 불렀는데... 같이 살아보니 더 좋은 거 같아요...

제 집은 곤 동 3024호입니다.

엄마랑... 동생도 같이 살고 있고요...

두 달 후면 전 결혼을 할 예정입니다.

옛날엔 꿈도 꾸기 힘들었는데... 지금은 그때보다도 돈을 못 버는데... 장가를 갑니다.

그게 심통돔인 거 같아요... ^^

암튼 행복합니다...

이상으로 오늘의 상상극장을 마칩니다.

영주는 30대 중반으로 저와 같은 조에서 근무하는 착한 동생입니다. 제가 퇴사 날 받아 놓았다고 하니... 술 한잔 사주겠다고 했고... 어제 ??역 근처에 있는 포장마차에서 곱창에 소주 한잔 했습니다.

전 심통돔의 넓으심에서 많은 사람들이 작은 결혼식 했으면 합니다. 넓으심은 무료로 식을 올릴 수 있도록 할 것이고, 작지만 아이디어 넘치는 감동으로 새로 시작하는 부부의 앞날을 밝혀 줄 생각입니다.

더 이상 청년들이 꿈을 포기하지 않도록 해주고 싶습니다...

내일의 주제는 신기루 영화관을 설명드려 볼까 합니다.

조금 일찍 올립니다. 내일 뵈어요... 꾸뻑!

☐ 댓글

강민주: 대박이네. ^^

밈가: GOOD LUCK~!

이종권: 흐흐.

형진: 저도 좋아요.

김도영: 저는 꼼장어 해주세요. 곱창 안 먹어요.

이종권: 칭찬은 고래를 춤추게 한다고 하고, 가족들의 응원은 제 머릿속 창의성을 배가시켜 주네요. ^^

이종권: 김도영 회원님을 딴지 쌤으로 임명합니다... 크크

김도영: **이종권** 앗싸!

이종권: ??? 쌤 되신 게 앗싸? 흐흐

김도영: 앞으로 대놓고 딴지 걸 수 있는 거죠? 크크

이종권: **김도영.** 쩝! 할 말이 없음... 호랑이에게 날개를 달아준 격이네요. ㅠㅠ

김도영: **이종권** 살살 할게요... 크크

이종권: 넹...

#31 편집, 들어갑니다(2017. 4. 19.)

요사이 TV에 한 통신사 광고 카피에서 영감 받은 오늘의 주제입니다. 원래 오늘은 신기루 영화관에 대해 설명드리려 했는데...

긴급하게 주제를 변경했습니다.

전 저 나름대로 준비를 하느라고 중소기업청에서 지원해 주는 선도대학 프로그램에 오는 21일에 신청 접수하려고 했었습니다. 물론 아이템은 심통나라 어플이었지요.

그런데 심통나라의 콘텐츠 구성 중 큰 축이 될 심통클럽과 상상극장을 책으로 먼저 내봐야겠다는 생각이 들었습니다...

그래서 우리 밴드의 올림글 중 일부를 발췌 하여 한 출판사에 출간의뢰를 했었습니다.

돌아온 답은 전문을 다 보내야 기획한다는 원칙적 대답이었습니다...

하여 전 이제부터 한 달이 넘도록 연재해온 올림글들을 파워포인트를 활용해 실제 책 화면처럼 편집해 볼 생각입니다...

야심차게 사직 날짜 정해놓고 첫 단추가 잘 안 끼워진 거 같아 회원님들께 죄송하네요.

앞으로 밴드 올림글에 중간중간에 '- 1 -' 이런 거 나타나더라도 양지해 주시기 바랍니다. 일단 심통나라 어플은 이번 출간 프로젝트 편집 이후로 잠시 미루오니 이 점도 양지해 주시고요... 편집 방향에 대해 잠시 설명드리겠습니다. 전 책을 우리 올림글 화면 그대로 올라가게 할 것입니다... 그 안에 그림, 글, 그리고 여러분과 저의 댓글 까지도 전부요...암튼, 조만간 예시 페이지를 만들어 보여드리겠구요.

전 이 책이 완성되기 전에 법적인 문제를 알아봐서 1인 창조기업 형태로 회사를 만들 계획입니다. 그 기업의 이름은 심통네이션즈이고요.

이 심통네이션즈의 이름으로 출판사에 우리 콘텐츠의 출간, 판매에 관한 계약을 진행할 계획입니다... 저자명도 저 혼자가 아닌 심통클럽으로 할 예정이오니 같이 꿈꿔주세요... 이 기획은 심통돔에 비하면 아주 작겠지만, 여러분들 덕분으로 높은 실현성이 있는 듯합니다. 꾸뻑. 내일의 주제는 "선교 하지마세요!"입니다...

🗨 댓글

김도영: 힘 내세요!

이종권: 안 힘듭니다. 귀원 맘의 전폭적 지지 받고 있는 중입니다.

강민주: 여보, 힘내요. 파이팅! 잘되길 기도할께요.

이종권: 좋아서, 해야만 해서, 하니까 점점 행복해 집니다.

김도영: **강민주** 형수님이 고생 많으시네요.

형진: 파이팅요.

이종권: 이해들을 잘못하신 거 같은데요. 책의 주 작가는 저이구요. 여러분들
은 보조 작가님이십니다... 흐흐 우리 모두 파이팅이요... ^^

#32 선교하지 마세요(2017. 4. 20.)

큰일 났습니다... 제가 요즘 회사에서 큰일
이 났습니다.

놀라셨나요? 저랑 같이 근무하는 저보다
몇 살 어린 동생인 경원이라는 친구가 있어

요. 큰일 났다는 건 글의 재미를 위해 쓴 거니 놀라실 필요는 없구요... 요즘 제가 심통에 대한 생각이 많다 보니 일이 재미 없어지고 빨리 집에만 가고 싶고 합니다. 그러다 보니 자연히 작은 실수를 하게 되네요...

그때에 경원이가 제게 이렇게 말합니다. "형~, 자꾸 이럴 거야?" 1년 반 정도 같이 근무하는 동안 잘해준 것도 없는데 마지막에 좋은 모습으로 갈 수 있으려나 모르겠습니다. 암튼 노력해 보겠습니다... 걱정하지 마세요. ^^

아직은 띄엄띄엄 보시는 회원인 남지 님이랑 밈가 님은 제 누나와 조카입니다... 제가 밴드 시작 초기에 심통돔을 그려 달라고 한 적이 있었습니다. 그때 밈가 님이 저에게 "너 그거 만들어서 교주할려구 그러냐~?"라고 농담을 한 적이 있습니다.

회원님들...

전 이 일을 전에도 말씀 드린 적 있는 가장 행복한 마무리만 생각하며 이어가고 있습니다. 제가 가진 믿음이 이뤄지리라는 생각을 여러분께 전해야 하지만, 이끌지는 않을 것입니다.

어제 귀원 엄마가 저한테 그러더군요. 김현정 선생님이 밴드 궁금해하는 거 같다구요... 그러면서 귀원이 다니는 센터 엄마들에게 초대 보내면 어떨까라구요.

제가 대답했습니다. 초대는 보내더라도 이번처럼 물어오는 사람이 있으면 설명하려 하지 말고 정주행 해보라고 말해 달라고 말이죠. 다시 주제인 선교에 대해 말씀드릴게요. 저와 여러분의 심통은 종교가 아닙니다. 심통은 걱정을 덜어내기 위함입니다. 선교를 받아 그 종교에 믿음을 가지는 건 선교자의 말에 의한 것이 아닌 행동에 믿음을 받아서입니다. 전 여러분들보다는 심통에 잘 알고 있고, 우리 밴드를 통해 행동해 보이고 있습니다. 여러분 주변에 심통이 필요한 분에게 초대를 보낼 때 절대로! 선교하지 말아 주세요... 이상 오늘의 올림글을 마칩니다. 저처럼 현직장에 실수가 생기지 않았으면 하는 바람입니다. 심통재단, 심통돔, 심통나라 등등등.

조급해하실 필요 없습니다... 꾸뻑.

내일의 주제는 신기루 영화관 설명해 드릴게요.

🗋 댓글

이종권: 간만에 정시에 올린 것 같네요. 흐흐

형진: 회원이 점점 느네요~.

이종권: 늘어야지요. 흐흐 혼자는 못해요... 크크

김도영: 아~, 딴지 걸어야 하는데...

강민주: 좋아요.

심통클럽 tip

심's 타운???

　심's 타운은 심통 Dome 내에 설치할 테마파크로 '모든 사람에게 행복을'이라는 테마로 조성 예정입니다.

　크게 5구역으로 나뉘어 있고요, 각각 Zone마다 각각의 테마로 구성 예정이며 깨알 재미와 큰 감동을 목표로 합니다.

　자세한 내용은 정주행하시면 '나대지 8만 5천 평' 편에 나옵니다.

상청 올림

제13장

신기루 영화관

#33 신기루 영화관(2017. 4. 21.)

안녕하세요, 회원님들?

오늘은 심통돔 중 건 동 2층에 있을 신기루 영화관을 소개해 드릴까 합니다. 전에 구체화 구조편에서 기억을 되살려 보시면 건 동이니 전체 건물 중 북서쪽에 있는걸 기억하겠지요?

신기루 영화관.... 왜? 이름이? 그리고 꼭 북서쪽에 있어야 하는지?. 저와 함께하다 보니 궁금해지는 게 많으실 겁니다...

눈치채셨겠지만... 전 지난 글들 속에 많은 힌트들을 숨겨두었습니다. 여러분들이 저와 함께 쓰고 읽어 왔던 글들 속에 앞으로 쓸 글들의 이야기가 숨어 있고, 상상극장도 있고... 그렇게 여러분들 머리에 심통돔을 각인하고픈 주 작가의 깊은 뜻이 있었답니다.

전, 어려서 꿈이 카피라이터였습니다. 카피라이터라는 직업, 알고 계시겠지요? 광고에 사용되는 단 몇 줄의 글이 그 영상과 어울려 시청자에게 각인시켜 구매에 다다르게 하는, 카피를 창조하는 사람을 카피라이터라고 합니다.

전 제가 원하던 꿈에 다가가려는 노력도 하지 못한 채 지금에 이르렀지만, 지금 행복합니다.

솔직히 하루하루 새 글을 써내야 한다는 중압감이 돈 받는 일이었다면... 마냥 좋지많은 않았을 거예요.

그렇지만 심통클럽은 마냥 좋습니다.

다시 본론으로 돌아가서요. 신기루 영화관의 매표소는 남문의 감싸심 앞에 단독으로 지어줄 거구요. 여직원 두 명을 배치할 건데요? 한 명은 당연히 나이가 많으시겠지요?

엥~? 왜 많아야 하는지 모르겠다고요?

아실 테지요? 바로 있는 집 아이 중 손님에게 인사가 가능한 아이와 그 엄마 덜음이의 직장이 그 자리이기 때문입니다.

다음.... 왜? 건동이냐면요. 상영시간 때문입니다. 보통 영화의 런닝타임이 두 시간 반 정도인 걸 감안해서 2회 정도만 상영할 거예요. 그러려면 오후에 상영을 시작해야 해서 스크린 방향이 동쪽을 봐야 하는 이유가 있습니다... 이해가 잘 안 되시지요? 아둔쌤~. 계속 들으면 알게 됩니다...

그럼~ 이름은 왜 신기루냐? 기억을 더듬어 봅시다... 구조 편에서 2층은 연결통로로 어디든 갈 수 있다고 했습니다. 건물의 폭이...? 30m입니다. 생각해 보세요... 영화관이 아무리 못 돼도 30m면 좌석을 몇 줄 정도 깔 수 있을까요? 못해도 한 사람이 앉는 좌석이 차지해야 하는 길이가 2m는 돼야지, 앉았을 때 다리 뻗고 볼 수 있지 않을까요? 그런 영화관이 고정식이면 통로가 막히겠지요. 그래서 전 상영시간에만 내려서 앉게 하고 상영을 안

할 때는 천장에 수납할 수 있게끔 좌석을 만들 생각입니다. 즉, 오전에는 없다가... 오후 되면 짠 하고 나타납니다.

특이하죠...? 맞습니다.. 우리가 다른 사람과 경쟁하는 방법은 창조적인 생각이 키포인트가 될 것입니다. 그래서 있다가 없다가 하는 영화관이라... 신기루입니다. 어때요? 만들어 놓으면 신문에 날 만한가요? 그리고 스크린은 더 쉽지요. 사무실 같은데 있는 전동식 스크린 사용할 거구요. 각 좌석에 헤드폰을 설치해 음향을 들리게 할 겁니다. 그리고 우리 신기루 영화관에는 벽이 없으니... 갑갑해서 극장 안 가시는 소수의 분들도 거리낌 없이 오실 수 있을 것 같아요.

그리고 마지막으로 동선과 통로인데요. 손님이 매표소에서 표를 사고 영화관으로 가시는 동선은 남문에서 바로 에스컬레이터를 타고 올라가시게 할 건데요. 에스컬레이터에서 내려서면 선택을 해야 합니다. 왼쪽으로 가면 빨리 영화관으로 갈 수 있지만, 오른쪽으로 가야만 볼 수 있는 동문 위의 인공폭포 속 오솔길을 놓치게 되거든요. ^*^

아마도 고객님들은 영화 보고 난 후 반대 길로 나가실 거예요.

영화관을 가는 길, 또는 끝나고 가는 길에는 여러분들 중 장사를 하시는 분들이 잘 꾸며 놓은 가게와 전문식당이 줄지어 있을 거예요. 손님들이 지갑 열게끔 하는 건 여러분의 몫입니다... ㅎ.ㅎ

마지막으로 통로인데요. 좌석의 맨 앞줄과 스크린 사이에 통로가 있을 건데요. 상영시간에는 양쪽에 차단 줄을 설치하긴 할 건데요. 이 글 쓰면서 불쑥 생각이 나네요. 용훈이, 귀원이, 태균이 데리고 극장 간 날 스크린 앞을 뛰어다니던 용훈이가... 쩝. 그럼 어떻게 해야 할까요?

내일 뵐게요... 내일은 제가 저녁에 창업 관련 교육 동영상을 보고 있는데요. 그것에 관해 글을 써보려 합니다. 즐거운 남은 시간 되세요... 헥헥~. 꾸벅!

☐ 댓글

> 김도영: 그날 극장에도 못 들어가고 태균이를 안고만 있었던 것이 생각나네요.
>
> 이종권: 진짜 걱정됩니다. 스크린 앞에 서면 애들 많이 신날 텐데. 흐흐

강민주: 그다음 내용이 궁금해지네요.

이종권: 흐~.

형진: 헉! 책표지에 귀원이가... 귀원이 안녕~.

이종권: 아둔 쌤~, 이해됐어요?

형진: 잘 모르겠습니다.

이종권: 이해를 돕기 위해 올려드립니다. 이번엔 이해하시길. 크 검색창에 '야근 불가 사무실'이라 써보시면 관련 블로그들 있어요.

이종권: 4월 25일입니다. 내용 추가했습니다.

강민주: 감사합니다.

#34 카피(2017. 4. 22.)

K-STARTUP...

안녕하세요? 회원님들. 전 중소기업청(앞으로는 중기청이라 할게요.)의 홈페이지인 k-start up에 보면 창업에듀라는 첫 화면 메뉴가 있어요. 거기 들어가면 성공 노하우에 대한 선배 스타트업들의 강의 및 인터뷰 영상 등이 있어요.

스타트업이란, 창업자를 말하는데요. 전 지금 공부하고 있답니다. 제가 며칠 전 저녁에 첫 동영상으로 30대 초반 정도의 한 스타트업 선배의 인터뷰 영상을 선택해 보게 되었습니다. 거기서 그 선배의 이야기 중 공감되는 이야기가 있어 오늘의 주제로 정했습니다.

그 선배의 말이 수많은 스타트업들이 새로운 생각, 기술 등을 가지고도 스타트를 하는데, 그 과정에서 남들과 소통하지 않고 자신 안으로 꼭꼭 숨긴다는 말을 했습니다.

그 이유는 바로 카피 당해서 자신의 기술이 다른 사람에 의해 구현되는 걸 두려워서이겠지요.

그 선배가 그러더군요. 스타트업들이 걱정하는 것처럼 카피해서 다른 사람이 할 수 있는 아이템이라면 스타트 해서는 안 되는 거라구요. 저도 그 생각에 공감하고 있습니다.. 제 앞의 올림글들을 완독하신 회원님들. 전 출근 하기 전에 오늘 올림글의 충실함을 기하기 위해 다시 리플레이해서 보았습니다. 귀원 맘도 불러서 같이 보았습니다. 제 아이템은 기술창업도 아니고 저 화면의 선배처럼 좋은 환경을 가지고 스타트 하는 사람도 아닌데 귀원 맘이 그러더라구요.

저거 당신이 해오던 이야기 아니야? 많이 비슷하네?
회원님들이 보시기엔 어떤가요? 비슷한가요?
그렇습니다. 몇 회였는지 기억이 잘 안 나네요... ㅠ.ㅠ
(정주행 약발이 떨어졌나?)

전 이글까지 오는 동안 제가 가진 생각을 여러분께 푸쉬 했고 그 과정 중에 더 나은 생각으로 발전시켜 왔습니다. 딴지 쌤 맞지요? 그 밖에도 여러 가지 이야기를 더 들을 수 있었는데 그것들도 많이 비슷하더군요. 일단 그 이야기는 생략할게요. 시간 되시면 K-start up 가셔서 한번 보시는 것도 도움될 거 같네요.

회사 도착했습니다.. 기분이 좋습니다... 성공한 사람과 같은 생각을 가진 것만으로도 나도 성공할 것 같습니다.

여러분도 행복 하시길 원합니다. 꾸뻑. 내일은 음... 뭘로 할까요? 심통은행으로 하겠습니다...

🗋 댓글

김도영: 맞습니다!

이종권: 딴지 안 거니, 쨈 없음. 흐흐

김도영: ^^ 크크.

형진: 성공의 마인드를 가진 사람은 다르긴 다르더라구요~. 굿입니다.

이종권: ^^

강민주: 빨리 그날이 왔으면 좋겠습니다. ^^

이종권: 근데. 아둔 쌤. 신기루는 이해하셨남? 크크

형진: 영화관이 실내일 텐데, 말씀하신 스크린이 왜 동쪽을 향해야 하는지는
     잘 모르겠습니다.

이종권: 쩝, 굳은 머리 어캐 해야 할지 원... 크크 수요일에 과외 해줄게요...
     크크

#35 심통은행(2017. 4. 23.)

음. 시작을 어떻게 해야 하나...?

안녕하세요. 회원님들... 오늘의 주제인 심통은행은 향후 심통 돔 안에 있을 금융기관을 말하는데요... 심통은행이라고 예고가 나갔을때. 회원님들 중 몇몇 분은 '헐! 하다하다 은행까지 만든다 고?'라고 생각한 분이 있을 것 같네요?

회원님들. 사실 전 은행도 만들자, 생각한 것이 사실입니다. 사람이 모이면 또 재단. 생기면 돈도 적잖이 모일 텐데. 그냥 우리가 만드는 게 낳지 않을까? 그럼 우리의 아이들 중 장애 구분 없이 몇 명 정도는 일 시켜줄 수 있으리라 생각한 게 사실입니다. 뭐 사실 만들어진 심통돔 안에 시중의 재벌, 은행 등에 우리 돈 관리하게 할 필요가 있겠어요? 사실 은행 만들 생각이었습니다.

근데 결론부터 말씀드리면 시중은행들에 모여진 돈을 담보로 협상하여 조건이 가장 좋은 은행을 우리 심통돔 정중앙에 입점시킬 예정입니다. 또한, 은행 외에도 보통의 주상 복합에 있는 대형 마트 등 몇몇 업종은 입점하게 할 생각이고요. 이런 생각의 이유는... 우리 심통돔 및 심통재단이 오랜 시간 지속할 수 있는 힘의 원천이 상생이기 때문입니다.

요즘에 재벌이나 권력자들이 국민적 지탄을 받고 있기는 하지만... 제가 생각하기에 그들이 현재의 모습에 이른 이유는 국민들이 그들 앞에 당당하게 요구할 만큼 단합된 모습을 보여주지 않아서 그렇게 해도 되니까 했을 것 같습니다.

쫌... 어렵죠? 쉽게 말씀드리면, 심통돔 안에 은행을 우리가 만들어 사용하면 그게 잘 돼서 그런 예가 다른 곳에도 생길 소지가 있다면 은행들은 우리를 경쟁자, 즉 적  으로 생각하게 될 거라는 말입니다. 사람이 털어서 먼지 나지 않을 사람이 없는 것처럼 우리에게도 약점은 있을 것입니다. 그래서 적당한 선에서 협상하여 우리의 공익을 추구하되, 그들과 싸우는 데 힘을 낭비하지는 않을 생각이라는 겁니다... 이해가 잘 가시고 있나요?

회원님들... 아직은 심통에 관한 생각이 저에게 가장 많은 탓에 제가 좌지우지한다고, 생각하시는 분도 있을 텐데요. 현재 심통클럽 안에서만 그런 것이구요. 이상이 현실이 될 날에는 저보다 능력 많은 재단 관계자가 많아질 것입니다. 그때에 저는 회의할 것입니다. 그리고 같이 노력해 갈 것입니다... 오늘은 글이 많이 어려운 건 사실 같아요. 글이 좀 정신없네요. 죄송합니다. 꾸뻑. 내일은 나대지, 8만 5천 평을 설명드려 볼게요.

🗨 댓글

강민주: 고생했어요. 글 쓰느라 화이팅

이종권: 진짜로 자다 쓰는 건, 에휴! 심통나라에는 예약 글올림 기능을 만들어야겠어요.

김도영: 은행까지요? 국가를 만드시는군요, 군대는 말고 경찰, 아니 자경단, 경비대는 있어야겠네요.

이종권: 경비대는 아이들 지켜야 하니. 베이스로 깔고 있었어요. 흐

이종권: **김도영** 은행 안 만든다고, 글에 있어요. 오늘 글 어렵긴 한가 보네요. 크크

형진: 10만 평에 인구가 많으면 은행도 지구대도 잘 들어올 것 같습니다.

이종권: 아둔 쌤. 이해했어요? 이해 못 할까 봐 걱정했는데. 크크

형진: 은행을 입점시킨다는 부분을 이해했습니다.

#36 나대지 8만 5천 평(2017. 4. 24.)

많이 기다리셨죠?? 회원님들~. ^^

오늘은 전에 구조편에서 빼놓았던 심통돔의 안 부분을 설명드
리려 합니다. 일단, 우리의 주거공간 안쪽에 있는 테마파크를 뭐
라 부를지 정해야겠지요? 전 심's 타운이라
부를 생각입니다.. 심's 타운? 무슨 뜻이 있
는 거 같지요?

맞습니다. 전... 우리 모두에게 필요한 마
음들이 모여있는 마을이라는 뜻에서 그렇
게 불러 봅니다. ㅎㅎ. 일단 테마파크니까 테

마가 있어야겠지요... 테마는 '모든 사람에게 행복을'로 정하려고
요... 자세한 설명은 조금 있다 하고, 일단, 정중앙에 태극 풍차를
중심으로 4구역으로 나눠 각각에 넓으심... 배려하심... 잘나심...
튼튼하심이 배치됩니다. 정리하면 감싸심을 포함하여 5가지의 마
음을 키우면 행복해질 수 있다. 이것이 바로 우리의 테마를 품은
심's 타운입니다.

 행복해지려면 필요한 마음들을 적어 볼게요... 여러분도 잘 아
시는 넓으심에는 남들을 포용하는 넓은 마음을 담고 싶고요. 배
려하심에는 이웃과 특히 우리 있는 집 아이들에 대한 인식변화를
원하는 마음이 담았습니다. 다음으로 잘나심에는 잘나심에 들어
오는 손님들의 자존감을 높일 수 있는 장치들을 배치하여, 그 장
치들을 이용하며 본인들의 가치에 대한 생각을 향상시키고 싶고
요. 마지막으로 튼튼하심에는 나 스스로 강해져야겠다는 마음을
가지도록 하는 마음입니다. 감싸심은 아시는 바와 같이 감사하는
마음입니다.

 그럼 감사를 베이스에 깔고 남들을 포용할 줄 알며, 또한 배려
심 가득하게 자존심 지켜가며, 자기 힘으로 살자... 그러면 모두

행복해질 것이라 생각해 봤습니다. 각각의 마음들마다 설치할 기구들이나 전시물도 조금 생각해둔 게 있기는 한데요. 오늘 그거까지 쓰면 밴드 운영에 많이 힘들 거 같네요.

그리고 어제 댓글 마지막에 쓴 글인데요... 우리가 꿈꾸는 이상인 심통돔에는 무한한 경쟁력이 있습니다... 지금이야 몇 사람 뿐이지만, 우리가 많아진다면... 그 속에 여러 가지 직업들이 있을 것이고, 무한한 재능들이 있을 거예요. 현재 우리의 모습을 보면 여러 가지 제한에 묶여 별 볼 일 없다 생각하시겠지만, 전 아니라는 걸 압니다. 처음부터 저와 같이 출발해주신 강민주 회원님. 제가 예전부터 이렇게 말을 설득력 있게 하던가요? 아니죠? 저는 심통클럽 자가발전 편에서 무한순환발전이라는 말을 사용한 적이 있습니다. 이젠 이 말도 해야겠네요. 회원님들 여러분 몸과 마음 안에 있는 무한한 가능성에 자유를 주세요. 혼자이기에 힘들었지만, 이젠 아닙니다. 꾸뻑. 내일은 기다리시는 화요일입니다. 상상 극장 장학숙으로 찾아뵙겠습니다.

🗨 댓글

강민주: 좋아요. 생각만으로도 행복해집니당.

김도영: 강민주 형수님 고생 많으십니다. 형님 때문에. 크크, 형님! 메롱.

이종권: 김도영 맞습니다. 딴지 쌤. 원래 선구자의 아내는 힘듭니다. 크크

이종권: 김도영 딴지 못 거니... 심심하죠? 크크

형진: 좋은 글 잘 읽었습니다.

상상극장, 장학숙

#37 [화요일 상상극장4] 장학숙 1부(2017. 4. 25.)

아기다리~고기다리~던 상상극장 시간이
돌아왔습니다...

오늘은 제 고등학교 동창 중 처음 울 밴드
가입해주신 포토그래퍼 이근형 님을 대상으
로 상상극장을 시작해 보렵니다.

레디~! 큐우~!

서울의 모처에 위치한 한 건물 1층에 제 작업장 겸 살림집이 있

습니다... 전 포토그래퍼 이근형이라고 합니다... 얼마 전까지는 프리랜서로 일했었는데, 제 친구가 지금의 보금자리를 무상으로 제공해준다며 제게 일 좀 도와달라고 했고, 마침 일도 떨어지는 타이밍이 맞아서 승낙하고 들어왔습니다. 제 친구 이름은 이종권인데요. 맞습니다. 상청. 그놈은 제 고등학교 동창놈인데요. 그놈만나... 에휴... 하여간. 그놈한테 제대로 낚여 여간 고생 중이지 말입니다. 제 하소연 한번 들어 보실랍니까?

제 스튜디오는 서울 망원동에 있는 4층짜리 심통하나 장학숙 앞에 있는데요. 4년 전에 처음 와서 봤을 때는 새롭게 잘 지어진 초록색 건물에 눈이 편안해지는 거 같았어요. 이리저리 건물 안팎을 둘러보면서 상청 그놈이 제게 설명해주더라고요. 저도 몇 년 전인가 가입했던 심통클럽을 시작해서 책 내고, 부모회 PT 하고 여러 경로로 사람들을 모아 재단 설립하고, 심통돔 짓고, 기타 등등을 계속 떠드는데, 약간 배도 아픈 거 같고 시설 보느라 대충 들었던 것 같아요... 근데 장학숙이란 게 보통 애들 면학 분위기 조성을 위해 차분하게 인테리어를 하는데, 여긴 좀 이상하더라고요...

일단 식당에 들어가려고 문을 여는데 소리가 나더라구요. "열심히 놀았느냐? 밥 먹어라!"라고요.. 황당했죠! 왜 반말...? 그리고 공부하는 애들한테 놀았냐고? 말하는 뉘앙스도 놀라고 하는 거 같았어요. 암튼 이상했지요...

그리고 몇몇 애들이 입주해 있는 방도 구경해 봤는데 애들 방에 특이하게 놀 것들이 하나씩은 있더라구요... 그땐 애들이 날나리 대학생들이구나 싶었습니다. 그리고 드디어... 내 스튜디오로 가 보았습니다. 건물 밖에 별도로 지어진 단독건물이라는 게 맘에 들었습니다... 시끄러울 거 같은 애들과 멀어질 수 있어 좋고, 또 단독건물부터 시작해 장학숙 전체를 감싸는 울타리와 작은 화단들이 너무 맘에 들었습니다... 좋아진 기분으로 스튜디오 안에 들어갔지요. 상쾌한 인테리어에 오밀조밀한 깨알 인테리어 소품들이 들어 있는 나의 스튜디오... 그땐 진짜 울 뻔했어요... 감동먹은 제게 상청 그놈이 건전지 하나 만한 조그만 스위치 하나를 넘겨주며 이렇게 말하더군요. "여기서 네 일 하면서 우리 애들 쫌 봐줘. 애들 착해서 큰 말썽 안 부릴 거야. 부탁 좀 하자."라고요... 요기까지가 제가 느낀 감동이었구요...

제가 상청 그놈한테 놈이라고 하는 이유는 좀 전에 말한 스위치부터 말할게요. 전 식사 시간이 되면 식당 입구 쪽에 앉아 밥을 먹습니다. 그러면서 애들 들어 오는지 눈치를 살핍니다. 두근 두근... 그러다 애들이 들어설 때마다 연신 스위치를 누릅니다. 그러면 여지없이 소리가 들립니다...

열심히~ 놀았느냐? 밥 먹어라~,

..

근데 매번 누를 때마다 다른 사람이 말하더라구요... 아마도 심통돔 애들 부모들이 녹음한 걸 랜덤하게 들려주는 거 같아요. 그러다 보니 어떤 애들은 밥 먹다 울어요.

덩치는 컸어도, 같이 있는 애들끼리 친해도, 타향에서 부모님 목소리 들어서 그런 거 같아요. 나도 덩달이가 돼가네요. ㅠ.ㅠ

암튼 그놈 때문에 나이 오십 넘어서도 이 고생을 합니다... 다음 주 화요일에는 오늘보다는 엄청 매우 눈물겨운 제 고생담을 들려드릴게요. 투비 컨티뉴~!

이번 상상극장은 제 친구 근형이의 인물 위주가 아닌 장학숙 위주의 사물관찰 상상극입니다.

하여... 이야기의 주인공인 이근형 님의 시각을 통해 제 상상을 풀어내는 시도를 해 본 겁니다. 그러다 보니 상황설명이 길어져 연작 개념으로 갈 예정이구요... 다음 주에도 장학숙이 이어집니다. 꾸뻑.

PS. 장학숙이란, 요즘 지자체에서 관내 학생들의 서울유학을 위해 지원해주기 위해 서울에 기숙사를 만들어 지방 학생이 이용하게 하는 걸 말합니다... 저희 심통돔에서도 in 서울 하는 자녀들이 있을 것이기에 장학숙을 운영할 건데요.

장학숙 이름에 심통 하나는 심통과 시중은행(예로, 하나은행의 이름을 넣은 것입니다. 오해 마시길.)의 이름을 같이 써준 겁니다. 물론 은행은 우리와 협상을 통해 선정된 은행의 이름이 들어갈 거구요. 장학숙도 은행에서 지어 줄 겁니다. 왜냐구요? 브랜드 네이밍이라고 하면 아실까요? 정말 모르겠으면, 실행계획 plan A 갔다 오세요...

🗋 댓글

> 형진: 좋은 글 잘 읽었습니다. 제가 형님 뜻을 헤아리기가 너무 힘드네요. 많은 상상극장이 있네요.

> 이종권: 크~, 미안합니다. 힘들게 해서. ^^ 암튼 상상극장이 잘 되어 가는 것 같아 기분이 좋네요... 흐

> 이종권: 스위치는 글 쓰는 중간에 애드립인데... 감동은 있지요? ㅎㅎ

> 형진: 좋은 아이디어 같습니다.

> 강민주: 좋아요

#38 조종(2017. 4. 26.)

어제 상상극장을 쓰고, 내 머리가 방전됐었나 봅니다.

안녕하세요? 회원님들. 어제 상상극장, 재미 있으셨나요?

글 첫머리에 방전처럼 저도 힘들었었는지... 좀 전에 알았어요. 어제 주제 예고도 안 하고... 주제를 조종으로 한 것도 좀 전이

었거든요.

조종... 뭘까요? 흔하게 비행기는 조종한다고 하고... 자동차는 운전한다고들 하는 거 같더라구요... 맞나요? 뭐 틀려도 오늘은 맞다고 해주세요... 그럼 기계적으로 비행기가 자동차보다는 복잡한 거니 조종이라고 하는 것이 운전보다는 복잡한 기술처럼 들리네요... 그렇죠? 회원님들 비행기 조종과 자동차 운전의 공통점은 내가 기계장치를 움직여 다른 장소로 이동한다는 것이겠지요.

공통점에 주목해 보겠습니다. 공통점은 목적지로 가기 위한 것입니다. 회원님들, 뜬금 없다 생각하실지 모르겠지만... 조종한다... 또 조종당한다. 어느 말이 더 익숙하세요? 오늘 주제는 조종당한다였습니다.

다시 써보니... 우리 삶이 언제부턴가 조종당하고 있지 않은가 싶어서 오늘의 주제를 조종으로 했었습니다.

누군지도 모르는 사용자의 월급에 매여 조종당하고, 어떻게 풀릴지도 모르는 미래에 끌려다니는 현실이 안타깝습니다...

전 심통을 통해... 우리가 스스로 운전해 나가고 싶은 운전을 하고 싶습니다. 미숙하기에 조종은 꿈도 못 꿀지라도. 해 끼치지 않는 순수함을 유지하면서 말이지요. 오늘은 우리 아둔 쌤 아들 보러 왔습니다. 아이들이 우리의 미래입니다... 꾸뻑!

🗨 댓글

형진: 오늘 좋은 시간 즐거운 시간이었습니다. 감사합니다.

형진: 저도 조종당하지 않는 삶을 살고 싶네요.

이종권: ㅎㅎ~~ 나도 올 아들 귀원이 다큐에 잘생긴 조연 배우 한 명 발굴해서 좋은 하루였습니다. 고기도 맛났구요.ㅎ 여기서 말한 배우는 다현입니다.

강민주: 오늘도 고생했어요. 화이팅

이종권: 내일은 딴지 쌤이 딴지 걸 만한, 공짜라는 주제로 찾아뵙겠습니다. 뭔 일 있나? 많이 궁금하네요?

첫번째 시즌을 마치며(2017. 4. 27.)

좌로 꾸뻑, 정면 꾸뻑, 우로 꾸뻑…

회원님들 어제 해시태그가 몇 번이었는지? 기억하시나요?잘 모르시겠지요? 저도 지금 야근하고 퇴근 하는 길이라. 잘 모르겠어요… 그래서 컨닝했더니 38번이네요. 휴~!

전 어제 글 #38번 조종을 마지막으로 시즌 one을 마감할 생각입니다. 지금 생각해 보니 썼던 내용이 쌓인 만큼 성숙해진 것도 같고, 무엇보다 행복했습니다. 회원분들도 많이 늘어나셨지만, 잠자고 있는 분도 많은 거 같네요. 하지만, 걱정 안 합니다. 우리는 항상 진행형일 테니까요. 회원님들 전 지금 집에 가면 어제 글까지 편집해서?? 출판사로 원고를 보낼 생각입니다... 물론, 오늘 글 '공짜'는 5시에 올릴 거구요. 요즘 선거철이라 회원님께 공약 하나 할까요?

상청 공약

나, 상청 이종권은 심통재단 약정서 800장 받아 줄 때까지, 눈이 오나 비가 오나 머리가 쥐 나더라도 글 쓰는 엄지손가락을 쉬지 않겠습니다...
쭈~우욱!

□ 댓글

이종권: 심통의 첫 실체가 될 도서 『심통클럽 season 1』이 기획 출간되도록 많은 기도 및 성원 부탁드립니다. 흐흐

형진: 수고하셨습니다. 좋은 글 감사합니다.

이종권: 아둔 쌤~, 마치 마지막 같은 인사는 쫌 아니지 말입니다.

형진: 시즌1 수고하셨습니다. 성원합니다!

이종권: 크크~.

심통클럽 Season 1을 마치며

안녕하십니까? 독자 여러분

심통클럽 클럽장 常淸 이종권입니다.
우선 제 보잘것없는 글에 깊은 관심과 사랑을 베풀어 주심
에 깊은 감사의 마음을 전해 드립니다.

전, 글을 쓰는 직업과는 무관한 사람입니다.
또한, 급한 성격 탓에 이번 작업이 정말로 쉽지는 않았습니다.
그러나, 이번 작업을 통해 내 아이, 내 가족, 나의 남은 인생
에 대해 많은 생각들을 하게 되었고, 그 기록을 이렇게 써내
려 가 보았습니다.

그동안 행복했습니다.

독자 여러분께 저의 작은 소망이 잘 전달되었길 바라며, 감
사의 인사로 卒作의 마무리를 하려 합니다.

常 淸 올림

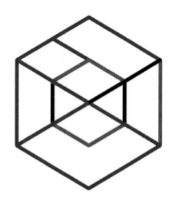

미리보는 심통클럽

현재의 틀에서 우리가 1억을 가지고 할 수 있는 일을 생각해 볼까요?

집을 살 수 있을까요?

전세를 얻는다면 몇 평짜리 집을 얻을 수 있을까요?

은행에 넣어놓는다면 이자는 어느 정도나 될까요?

1억의 가치는 생각보다 크지 않은 것 같습니다. 차를 운전하고 다니다 보니, 요즘에 무슨 무슨 리조트라고 해서 투자하라는 광고를 심심치 않게 듣곤 합니다. 거기도 시골입니다. 그런데 1억만 투자하라는 곳은 찾아볼 수 없더군요.

(후략)

시즌 4 #1 일 마이너스 영 점 구구 중에서